文春文庫

小籐次青春抄

品川の騒ぎ・野鍛冶

佐伯泰英

文藝春秋

目次

「小籐次青春抄」主な登場人物

赤目小籐次《あかめことうじ》　豊後森藩江戸下屋敷の厩番の倅。貧乏暮らしでつねに腹を減らしており、日々、内職と剣術・来島水軍流の稽古に明け暮れる。

赤目伊蔵　小籐次の父にして剣術の師匠。

高堂伍平　豊後森藩江戸下屋敷用人。

松平保雅　信州松野藩藩主松平光年の三男。妾腹ゆえ下屋敷に暮らす。通称〝若様〟。大和横丁界隈のワルを束ねる「大和小路若衆組」の頭分。

新八　若衆組。旗本屋敷に奉公する中間。

田淵参造　若衆組。御家人の三男坊。保雅の腹心を任じている。

土肥光之丈　若衆組の最年長。寺侍。

かよ　新八の妹

津之國屋金蔵　南品川妙国寺門前の地主。品川宿で食売《めしうり》旅籠を営むなど、阿漕な商売をしている。

弦五郎　雑司ケ谷村の野鍛冶。

ふく　弦五郎の出戻り娘。光之丈を婿に迎える。
みや　ふくの妹。
丸池の為右衛門　鬼子母神前の店の主。界隈の顔役。
馬場の繁蔵　下高田村のやくざ。
金太郎　雑司ケ谷村の麦藁細工の職人。若い衆の頭分。

小籐次青春抄

品川の騒ぎ・野鍛冶

品川の騒ぎ

第一章　腹っぺらし組

一

天明《てんめい》七年（一七八七）の四月、徳川十代将軍家治《いえはる》に代わり十一代家斉《いえなり》の治世が始まった。

将軍宣下《せんげ》は四月十五日だ。それと期を合わせるように、江戸市中で打毀《うちこわ》しが始まった。この騒ぎは大坂に飛び火し、西国九州、四国、畿内、近畿、東海、北陸、関東、奥羽一円に広がった。

この前年、田沼意次《おきつぐ》が老中を罷免《ひめん》されて天明の改革が失敗し、世の中は疲弊しきっていた。

赤目《あかめ》小籐次《ことうじ》が腹を空かせて竹籠《たけかご》造りに精を出していると、裏木戸の向こうで、

「おいでおいで」

と手がひらひらしていた。

悪さ仲間の中間《ちゅうげん》の新八だ。

「父上、ちと腹がしぶっております、厠《かわや》に行かせて下さい」

小籐次は父親の伊蔵に願った。

ここは豊後《ぶんご》森藩の江戸下屋敷だ。禄高《ろくだか》一万二千五百石、絵に描《か》いたような貧乏小名である。体面上、下屋敷は持たざるをえないが下屋敷に回す金子《きんす》などない。そこで下屋敷に回された奉公人は内職で下屋敷の費《つい》えを稼ぎ出さざるをえなかった。用人高堂伍平《たかどうごへい》は傘問屋などを訪ね歩き、番傘、笊《ざる》、玩具とあらゆる内職を貰《もら》ってきて、奉公人一同が下屋敷台所の板の間を作業場にして一日じゅう賃仕事に精を出した。

伊蔵は厩番《うまや》三両一人扶持《ぶち》だが、女中以下の俸給とて満足に支払われたことはない。だが、下屋敷に暮らしていれば三度三度の食事はついて回った。だから代々奉公を続ける家系が何家かあって、それによって豊後森藩下屋敷は支えられていた。

じろり

伊蔵が竹笊の底を編みながら、十八歳の小籐次を見た。

小籐次は思わず首を竦《すく》めた。

伊蔵は父親であると同時に厩番の上役であり、剣術来島《くるしま》水軍流の師匠ゆえ、頭が上がらなかった。

「このところ芋ばかりが主食ゆえ、腹下しを致したか。厠に行って参れ」

と高堂用人が許した。

「暫時《ざんじ》、中座を」

と呟《つぶや》きながら、小籐次は板の間から土間に下りた。腰には竹鞘《たけざや》の短刀が一本差し落とされていたが、それが唯一つの武家奉公の証《あかし》だった。この短刀とて戦国時代、西国の戦場を駆けまわっていた先祖が落ち武者の腰から奪った代物《しろもの》だ。

「小籐次、なぜ外の厠に参る」

伊蔵の声がしたときには、すでに小籐次は裏木戸から飛び出していた。

「小籐次、前掛けなんぞして、あの屋敷はほんとうに森藩下屋敷か」

「うるさい、新八」

小籐次は、前掛けを外して竹屑《たけくず》を叩《はた》き落とし、懐《ふところ》に突っ込んだ。

「新八、用事はなんだ」

新八の父親は目黒川沿いの旗本一柳《ひとつやなぎ》家の小者《こもの》で、広大な屋敷の畑を任されていた。倅《せがれ》の新八の懐具合は小籐次とおっつかっつだ。ひょろりと背が高く、ようやく五尺に達した小籐次より一尺は高かった。二つほど年上だったが、おっとりした新八と小籐次はなんとなくうまがあった。

「松平の若様がお呼びだ」

「保雅《やすまさ》様がなんの用だ」

松平の若様こと松平保雅は、信州松野藩六万石松平家の三男坊である。この近くの下屋敷に暮らしており、新八などは、

「松平の若様」

と呼んでいた。

殿様が料理茶屋の女に産ませた子だが、松平家三番目の男子だけに下屋敷に引き取られていた。嫡男、次男に万が一のことがあれば、信州松野藩六万石を継ぐ可能性も残されていないわけではなかったが、体《てい》のいい飼い殺しの身だ。

十九歳の保雅は我儘《わがまま》放題に育てられ、十四、五にして近くの品川宿で女遊びから酒、博奕《ばくち》とひと通りの悪さは覚えた厄介者《やっかいもの》で、大和横丁界隈《かいわい》のワルを束ねる、

「大和小路若衆組」

の頭分《かしら》だった。とはいえ、大和横丁の大名家下屋敷、大身旗本《たいしん》の抱え屋敷の持て余しどもがなす悪さなど高が知れていた。小籐次と新八が組の名を言い合うとき、

「品川村腹っぺらし組」

と呼んでいた。

小籐次と保雅は二年前からの付き合いだ。小男で風采《ふうさい》の上がらない厩番の倅が、意外にも剣の遣い手と知ったとき、保雅は小籐次に一目おいて、何事か始めるとき、必ずや小籐次を呼んだ。

松平保雅と仲間は、大和横丁を西に行った瑞聖寺《ずいしょうじ》の広大な境内《けいだい》の墓地にいた。

「おお、小籐次来たか」

と保雅が小籐次を迎えた。

「保雅様、なんの用ですか」

「そう急《せ》くな」

保雅は手にしていた瓢簞《ひょうたん》を差し出した。

「酒か。酒は飲まん」

「相変わらずの愛想なしじゃな」

と保雅が言うと、栓を口の端で抜き、ごくごくと喉《のど》を鳴らして飲んだ。そして、その瓢箪を仲間に回した。

「金を稼ぐ気はないか」

保雅が一同を見回した。

「若様、金と聞いて食傷している野郎なんて、だれ一人いやしませんぜ。この小籐次なんぞ、生まれて以来、白米を食ったことがねえほどの貧乏暮らしだ。貧乏の二文字が屋敷じゅうに躍ってらあ」

応じたのは御家人田淵家の三男坊参造だ。小籐次とは初対面のときから反《そ》りが合わなかった。

小籐次は参造のからかいを無視した。

「小籐次、今日も芋か」

「それがどうした」

と小籐次が軽く流した。

「いいか、小籐次。大仕事の最中に屁《へ》なんぞをこくんじゃねえぞ」

松平保雅の腹心を任じている参造が言った。

「他人《ひと》の心配せずに自分の頭の蠅《はえ》を追いな」

「なにを、厩番の小倅が」

「おまえだって冷や飯食いの御家人の三男坊じゃないか。こっちと変わりはしねえや」

「言いやがったな、小籐次。若様が目をかけなさるからといって、大きな口を利《き》くねえ」

と喚《わめ》いた参造が安物の刀の柄《つか》に手をかけた。

「やるか」

小籐次も短刀の柄に手をかけた。

「おまえ、その竹鞘に籐巻の短刀で、おれに手向おうというのか」

「喧嘩《けんか》は道具じゃない。肚《はら》と腕だ」

二人は睨《にら》み合った。

「仲間同士、いがみ合ったとて一文にもならぬぞ。参造、小籐次。おまえらが嫌なら仲間から外してもいいんだぞ」

と保雅が二人を睨んだ。

小籐次が先に籐巻の柄から手を離した。

「それにしても小籐次、刀はなしか」

「内職の最中に呼び出されたんだ。致し方ありませんよ」

「おまえの腰に大小が差し落とされているのを見たことがない。おれが家来の刀をくすねてきた。見てみよ」

保雅が傍《かたわ》らの布包みを差し出した。

「これを、おれに」

「やるんじゃない。仕事の間、貸すのだ」

「分った」

小籐次は布包みを解《ほど》いた。黒塗りの鞘は所々剝《は》げていたが、拵《こしら》えはしっかりとしていた。

「銘なんぞ調べたってありゃしない。だがな、研《と》ぎに出したばかりだから、斬《き》れるには斬れるって話だ」

「拝見致す」

小籐次の言葉遣いが急に侍言葉になり、柄を手前に鞘を仲間の輪の外に突き出すと、鯉口《こいぐち》を切って鞘から刀身を抜いた。

刃渡り二尺七分ほどか。小柄な小籐次には遣い易い長さだった。研ぎに出したと保雅は言ったが、さほど上手な研ぎ師に頼んだとは到底思えなかった。だが、刃のかたちや刃文から、相州一文字派《そうしゅういちもんじ》の刀鍛冶《かたなかじ》を真似《まね》た仕事に思えた。

一旦《いったん》鞘に戻した刀を小籐次は腰の短刀の脇《わき》に差した。

仲間の輪を離れ、両足を広げて抜き打ちの構えを見せた。

ぶーん
墓石に巣を作っているのか、蜂が何匹か夏の日盛りを飛んでいた。

間合いを計っていた小籐次が無音の気合いとともに刀を抜き上げた。

光の中に刃《やいば》が鮮やかに躍り、ぱちりと音がして小籐次の鞘に戻った。

体を両断された蜂が数匹、虚空《こくう》からふわりふわりと地べたに落ちてきて、仲間たちがごくりと息を呑《の》んだ。

「見たか、小籐次の腕前を」

と保雅が自慢げに言った。

「よし、仕事の説明を致す」

保雅の声に小籐次は仲間の輪に戻った。

「世の中、打毀し流行《ばや》りだ。分限者《ぶげんしゃ》はどこも怯《おび》えてやがる。南品川妙国寺門前町の地主津之國屋を承知か」

「若様、おれたち品川っ子だぜ。青物横丁の津之國屋を知らなきゃあもぐりだ」

と参造が保雅に追従《ついしょう》するように応じ、

「津之國屋金蔵はただの地主じゃねえ。品川宿で五軒の食売旅籠《めしうりはたご》を営み、身を売る女を三十七人も抱えてやがる。一夜の売り上げだって百両じゃきくめえよ」

とさらに言い足した。

「参造、津之國屋の金蔵が打毀しを気にしておれたちに助けてくれと泣きを入れてきたと思え」

「若様、当分小遣いには困らないぜ」

参造がにんまりし、大円寺の寺侍の土肥光之丈が、

「おれっちの仕事はなんですね」

と話を進めた。光之丈は八人の中で二十二歳といちばんの年長だった。

「急くな騒ぐな、光之丈よ。津之國屋では、池上道に百姓家を持っているんだとか。そこの地下蔵に津之國屋は身代《しんだい》を集めているそうだ。こいつをおれたちに当分守ってくれないかという話だ」

「なにっ、他人様の千両箱を夜通し守ろうって話か。馬鹿馬鹿しいな」

と思わず参造が呟いた。

「参造、馬鹿馬鹿しけりゃ抜けてもいいんだぜ」

「若様、そうは言ってねえよ。他人様の銭箱をおれたちで守りきれるかね。つい手を出したくなるんじゃないか」

「参造、津之國屋には恐ろしいほど腕の立つ豪柔一刀流佐久間兼右衛門、次郎吉、三郎助の兄弟用心棒がついていやがる。そんなことをすれば、こやつらがおれたちを草の根分けても探し出して一人また一人と責め殺すそうだ」

首を竦めた参造の代わりに小籐次が、

「それだけ強い用心棒を雇っているんだ。奴《やつ》らにこの仕事をさせればよいではないか」

と自問するように呟いた。

「そこだ、小籐次。やつらは津之國屋の賭場《とば》回りで忙しいそうだ。だから、おれたちにこの役が回ってきたんだ。やるか」

やる、と参造をはじめ、小籐次を除いた全員が賛意を示した。

「小籐次、どうする。一晩、一人頭一分の手間賃だ」

「えっ、一晩一分か、四晩勤めれば一両か」

傘張り浪人の倅市橋与之助が喜色を浮かべた。

小籐次は仲間八人に一人頭一分で二両、保雅はさらに二両や三両を懐に入れるはずだと計算した。すると津之國屋は一晩に四、五両を保雅一味に払うことになる。

いささかきな臭い話だと思った。

「おれは下りた」

「なんだと、小籐次。打毀しが怖いか」

と参造が食いついた。

「いやそうじゃない。この話、うますぎる」

「どういうことだ、小籐次」

と保雅が睨んだ。

「津之國屋の用心棒は三兄弟ばかりじゃない。荒っぽい連中がごろごろいる。その連中を使えばいいじゃないか」

「津之國屋の主《あるじ》は、泥棒に銭箱の番をさせるようなものだ、信用がならない、とおれに言った」

「違いねえ、一夜にして津之國屋の蔵ん中が空にならあ」

と参造が応じた。

「参造、おれたちだっておんなじことだ。津之國屋の身代を掻《か》っ攫《さら》って逃げかねない。それをどうしておれたちを信用する」

「小籐次、おれは痩《や》せても枯れても信州松野藩松平家の三男坊だぜ。兄上二人になにかあれば、このおれが六万石を継ぐ身だ。津之國屋の主はおれの身分を信用したんだ」

と保雅が胸を張った。

「小籐次、この仕事に乗るのか乗らないのか。おまえがいなくたって、おれたちだけでやってのけられる仕事だぞ。ねえ、若様」

と参造が決断を迫った。

「いや、この仕事、人数がいる。小籐次は大事な一人だ」

「ほかに仲間を募《つの》りますぜ。この条件ならいくらも集まる」

「気心が知れた仲間が大事なんだ、参造」

「ちぇっ。小籐次がいくら刀を振り回すのが得意だからといって、信用するのは後悔しますぜ。腹っぺらしほど裏切りやがる」

「どういうことだ、参造」

再び小籐次と参造が睨み合った。

「小籐次、銭を稼ぎたくないのか。仕事次第では割り増しをつけてもいいぜ」

「えっ、小籐次だけにですかえ」

と参造が喚いた。

「いや、全員の働き次第では報奨を出してもよいと津之國屋が言っておるのだ。小籐次、仲間がこうして頼んでいるんだ。一人だけすねることもあるまい」

保雅が小籐次に頼んだ。

いよいよ怪しい話だと小籐次は思った。

そのとき、新八が小籐次に向って手を合わせているのが目に留まった。仲間のだれもが喉から手が出るほど金に飢えていた。

「いつから仕事だ」

「明晩からだ、小籐次」

保雅がほっとした声を上げた。

「助けてくれるな、小籐次」

「いつまで続く」

「打毀《や》しが止むまでよ」

「おれたち、大金持ちになるぜ」

「使わなきゃあな」

「これは手づけだ」

と保雅が全員に一分ずつ渡して、

「明日の暮れ六つ（午後六時）にこの場所に集まる、いいな」

分った、と全員が声を揃《そろ》えた。


「小籐次、助かったぜ」

と新八が小籐次に礼を言った。

「おれんち、何日も前から米櫃《こめびつ》に一粒の米もない」

「うちだって同じだ。だがな、新八、この話はおかしい」

「小籐次、だれだってそう思ってるさ。だがな、怪しい話だろうとなんだろうと、一文の銭がほしいんだ。若様が持ってきた話だ。最後には若様が尻拭《しりぬぐ》いをしてくれるんじゃないかと思ってるのさ」

二人は大和横丁に入っていった。

「津之國屋が銭を払う払わないの話じゃない。なんぞ仕掛けが待ってるぜ。そうじゃなきゃ、前払いに四両も五両も払うものか。津之國屋の親父《おやじ》はもの凄《すご》いしみったれと聞いた」

「おれも承知だ。あいつのとこの食売だがな、昼餉《ひるげ》は客が朝餉に残した飯と菜というのは有名な話よ。無駄銭は一文だって惜しむと聞いたことがある」

「新八、そんな津之國屋が品川宿の嫌われ者のおれたちに一日に四両も五両も出そうっていう頼みごとが、そもそもおかしいんだよ。それだけ出せば腕のいい大人を雇うことができると思わないか」

「そりゃ、思うさ」

小籐次は腰に差した刀を抜いた。

「今さら抜けるのか、小籐次」

「そうじゃない。他人様の刀なんぞ差して戻ったら、ひどい折檻《せっかん》を受けるわ。そうでなくとも竹刀《しない》で殴られるのは覚悟して、おまえの誘いに乗ったんだ」

すまない、と詫《わ》びた新八が、

「小籐次、この一件、おれたちの命がかかった話か」

「そう考えたほうがいい」

「どうすりゃいい」

「若様の体面にも関わろう。差しあたってやるさ。その代わり給金は毎日精算してもらう」

「それはいいな」

「少しでも危ないと思ったら、おれが新八、おまえに合図する。そのときは黙っておれに従え。絶対に津之國屋の手から逃がしてやる」

「若様たちはどうなる」

「他人様のことに構っていたら、一つしかない命が失われるぜ。普通に考えればこの話はそんな胡散臭《うさんくさ》げなものよ」

「わ、分った」

「じゃあな」

小籐次は新八と別れると、豊後森藩下屋敷の裏門に回った。厠に行くといっておよそ一刻（約二時間）が過ぎていた。

親父がかんかんに怒っていることは目に見えていた。なんとしてもそうっと屋敷に戻らねば。親父の伊蔵は酒に目がない。夕暮れ、品川宿の安酒場に行くのをただ一つの楽しみに生きている男だ。そして、酔い潰《つぶ》れてようよう屋敷に戻る、そうなればもはや小籐次のことなど覚えていない。

「小籐次、厩に参れ」

裏木戸の前に恐ろしい顔をした伊蔵が立っていた。

（万事休す）

半殺しの目に遭うのを小籐次は覚悟した。

二

小籐次は厩の梁《はり》からぶら下げられ、

「龍馬、もう少しこちらに尻を向けよ」

と自らが母馬の胎内から取り上げた馬に向って話しかけた。

馬は小籐次を見上げたが、なぜ虚空から声が降ってくるのか分らぬ風で、後ろ脚で羽目板をがたがたと蹴《け》った。

「よしよし、大人しくしておれ」

小籐次の体は伊蔵に竹刀で殴られた打撲であちらこちらが腫《は》れ上がり、痛みを持っていた。

龍馬の尻が小籐次の下にきた。裸足《はだし》の足先をそうっと馬の背に載せた。

「小籐次だぞ、怖くはなかろう。おれたちは生まれたときから一緒だからな」

と話しかけながら右足で龍馬の背になんとか力をかけた。

「よしよし、ちょっとの間だ。静かにしておれよ」

片足に力を入れて立つと、後ろ手に縛られた縄がわずかに緩んだ。小籐次は強《こわ》張《ば》った指先に集中して縄目を解《ほど》こうとした。だが、結び目は固くてなかなか解けない。そのうち、龍馬が動いて、また最初からやり直しだ。何度もやり直した後、ようやく緩んだ。

あと一息と思ったとき、龍馬がひょいと跳ねて、小籐次の体が宙に浮き、その拍子に厩の藁《わら》の上にどさりと落ちた。

うっ

と息が止まるほどの激痛が走った。しばらく龍馬の下腹を眺め上げながらそのまま転がっていた。龍馬も小籐次と分ったか、じいっとしていた。体の痛みがだんだんと消えて、小籐次はよろよろと立ち上がった。

「親父め、加減をせんで叩きおったわ」

と呟く小籐次に龍馬が顔を寄せて舌で舐《な》めてくれた。

「おまえだけだぞ、味方はな」

さて刻限は、と考えた。

厩に差し込む光の具合から朝は近いと見た。急いで逃げ出さねば親父にまた見付かって縛り直される。

「龍馬、しばらく屋敷を留守に致す。世話は父上が一人でなさるでな、面倒をかけるでないぞ」

小籐次は龍馬に挨拶《あいさつ》すると厩から外に出た。すると長屋の戸が引き開けられる音がした。屋敷で一番最初に起きるのは伊蔵だ。

「危なかったぞ」

小籐次はそう思いながら裏木戸に回り、表に走り出た。

そのとき、夏の光が差し込んできた。

小籐次はよろよろと旗本一柳家に向った。今里村にある豊後森藩の下屋敷から、北品川宿と上下大崎村の入会地《いりあいち》、目黒川の傍《そば》にある一柳家までなんとか辿《たど》りついた。

ふうっ

と一つ息を吐くと、四千坪の広大な抱え屋敷の石垣の上に植えられた柊《ひいらぎ》の生け垣の穴を潜《くぐ》って敷地に入り込んだ。新八が無断で屋敷を抜け出るときに使う秘密の出入口だ。

代々御書院番頭《ごしょいんばんがしら》を勤める一柳家は五千石だが、将軍の身を守る御近習衆《ごきんじゅ》として御役料が出るため、抱え屋敷を構えるほど内所《ないしょ》は豊かだった。だが、抱え屋敷の中で畑仕事など雑用を任された小者の給金は、赤目家より高かったが、一家がぴいぴいしているのは変わりない。子だくさんのせいだ。新八には弟妹が八人もいた。

一柳家の建物は敷地の南にあり、目黒川が畑地のあいだをゆるやかに蛇行して流れる風景が望めるように造られていた。

敷地の北側寄りに水が湧《わ》き出る池があって、池を満たした湧水は庭を流れて目黒川に流れ込んだ。

新八の長屋は池の北側に広がる畑の中にあった。長屋といっても新八の家族が住むだけでのんびりしていた。

小籐次が新八の長屋に辿りついたとき、新八の父親の権六が朝靄《あさもや》をついて母屋に向うところだった。

こけこっこ

と鶏の鳴き声がして新八と妹のかよが鶏に餌《えさ》を与えていた。

「新八」

と呼ぶ小籐次の声に、新八とかよがきょろきょろ辺りを見回し、

「なんだ、その面《つら》は」

「小籐次さん、どうしたの」

と兄妹が驚きの声を上げた。

「昨日、抜け出したのを親父に咎《とが》められて折檻を受けた。一晩じゅう厩の梁に吊り下げられていたのを、なんとか逃げ出してきた。親父め、ひどく殴りやがった」

と小籐次は鶏小屋の傍らにへたり込んだ。

「なんてこった。かよ、家から親父の焼酎《しょうちゅう》を盗んでこい。傷を洗う」

「分った」

と十四歳のかよが鶏小屋から姿を消した。新八が腰に下げた手拭いを水で濡《ぬ》らして、

「小籐次、傷を見せろ」

と顔にこびりついた血を拭いとろうとした。

「痛いぞ、新八」

「痛いくらい我慢しろ。そうでなくともおまえの顔は幅が広いのだ。腫れ上がってまるで大南瓜《おおかぼちゃ》のお化け面だ」

と言いながらも新八は器用に乾いた血を拭いとった。

「あっ」

新八がなにかに気付いたように悲鳴を上げた。

「若様の仕事、どうするよ。若様はおまえが頼りなんだよ」

「仕事は今晩だ。それまで休めばなんとかなる」

「この傷でか」

「ああ、大丈夫だ」

と答えたところに、かよが両手に貧乏徳利と古手拭いや着替えを持ってきた。

「兄さ、小籐次さんは大丈夫かね」

「親父どのも加減して殴られたとみえ、骨は折れていないようだ。かよ、焼酎を貸せ」

と貧乏徳利を取り上げた新八は、かよが持ってきた古手拭いに焼酎を浸すと、傷を消毒した。

「ぴりぴりと痛いぞ」

「泣きごとを言うな。消毒せねば、この時節だ、傷口が膿《う》んでおまえの南瓜面があばたになるぞ。それでもよいか」

「おれは、そうでなくとも風采が上がらぬ面だ。これ以上、あばたを付け加えられてはかなわぬ」

「ならば我慢せえ」

新八が丹念に傷口を消毒して、かよが新八の古着を着せてくれた。子供の頃の着物だったが、それでも裾《すそ》を引きずった。かよは腰の辺りを何重にも折って帯を巻いてくれた。

夏の光がかあっと一柳家の鶏小屋を照らした。

「小籐次さん、生卵よ。飲んで精をつけて」

こんどはかよが割れ茶碗《ぢゃわん》に卵を二つも割り入れて小籐次に差し出した。

「かよ、すまん。これで白飯があれば正月が来たようだ」

「贅沢《ぜいたく》は言わないものよ。うちじゃ、白飯の味なんてとんと覚えてないわ」

おれの屋敷もだと答えた小籐次は、生卵をゆっくりと飲み干した。生温《なまぬる》い生卵が喉をゆっくりと通り、胃の腑《ふ》におちていった。

「なんだか、元気が出てきた。これで夕刻まで休めれば大丈夫だ」

と応じた小籐次は、がさごそと鶏小屋の奥に這《は》いずっていった。そこには藁が積んである。

「かよ、今度の仕事で稼いだら礼をする」

小籐次がかよに言った。

新八の妹だけにひょろりとした体付きだが、母親の器量を受け継いで愛らしい顔立ちをしていた。

「兄さも小籐次さんも、若様の口車なんかに乗って大丈夫なの」

「かよ、案ずるなって。一日一分の稼ぎだぞ。三日働けば三分、ちょっとしたものだろうが。だがな、親父にもおっ母さんにも内緒だぞ、かよ」

新八が口止めした。

そんな兄妹の話し声を聞きながら、小籐次はことんと眠りに落ちた。

ぶううん
と蚊《か》の飛ぶ音が耳に届いた。

薄眼を開くと、光が西に回って鶏小屋に差し込んでいた。

額に蚊が止まった、と思った瞬間、ばちりと白い手が小籐次の額を叩いた。

「いてえ」

「小籐次さん、ご免」

と言うかよの声がした。

「かよか」

「どう、加減は」

「お蔭《かげ》で元気が出た」

「握り飯を食べる」

「なにっ、握り飯があるのか」

藁の上に小籐次は起き上がった。その鼻先にかよが竹皮包みを差し出した。

「母屋の手伝いに行ったの。近々殿様が屋敷に見えるらしくて、それで江戸屋敷のご家来衆が仕度《したく》に来たので、お昼に握り飯がたくさん用意されたのよ」

「御番頭ともなると食う物まで違うな。かよにまで握り飯が出たか」

「残ったから二つばかり貰ってきたの。小籐次さんが腹を空《す》かしていると思って」

「おれのためにか。すまない」

渡された竹皮包みを解くと、小籐次は夢中で握り飯を食った。そして、もう一つを食いかけて、かよがじいっと見ているのに気付いた。

「かよ、おまえが食え」

「私は夕餉がある」

「夕餉は夕餉じゃぞ。食え」

小籐次は竹皮包みをかよの手に戻した。

「いいの、私が食べて」

「白い米の握り飯なんて何年も食うてはおらぬ。おれは馳走《ちそう》になった。これはかよの分だ」

小籐次は藁の上からよろよろと下りた。

「どうするの」

「喉が渇いた」

鶏小屋を這い出ると堆肥《たいひ》小屋に向い、厩で使った藁や鶏の糞《ふん》が積まれた堆肥に長々と小便をした。そして、鶏小屋の前に置かれた水甕《みずがめ》に柄杓《ひしやく》を突っ込み、たらふく水を飲んで一息ついた。

鶏小屋に戻るとかよが握り飯を食べ終え、指にこびりついた飯粒を舐めとっていた。

「美味《うま》かったな」

「白飯がいつだって食べられる日が来るといいけど」

「町の中じゃ、米屋が襲われて打毀しが繰り返されているというぞ。職人やお店《たな》は白い飯に不自由したことはないというが、どうも近頃ではそうでもないらしい」

小籐次は藁の上に戻り、かよの傍らに寝そべった。

「小籐次さん、若様の仕事って大丈夫なの」

「危ない橋を渡らないと稼ぎにならないのは確かだ。だがな、かよ。おれは怪しいと思っている」

「どこでなにをやるの」

「かよ、青物横丁の津之國屋を承知か」

「知っているけど」

かよの顔が歪《ゆが》んだ。

「どうした」

「あそこの手代が、私に食売になれって親父様に掛け合いに来たわ」

「いつのことだ」

「半年も前かな」

「権六どのは断わったんだな」

「棒切れを振りかざして追い出したけど、その痩せ我慢もいつまで保《も》つかな」

「それほどかよの家の内所は苦しいか」

「この界隈の屋敷奉公の中間小者で苦しくないところがあるかしら。小籐次さんのところはどうなの」

「一年の給金が三両、その半分は借上げだ。銭の面なんてまともに拝んだこともない」

「それで津之國屋の仕事に乗ったの」

「いや、そうじゃない。おれだけ抜けていい子になるのもな」

兄の新八が手を合わせて仲間を抜けないでくれと懇願したことは、妹のかよには告げなかった。

「ともかくだ、おれたちに津之國屋の金蔵の警護をさせるなんておかしな話だ。こいつには必ずや隠されたからくりがある」

「小籐次さん、命に関わることなの」

「かよ、考えてもみな。津之國屋の食売が客と寝ていくら貰えると思う。二百文も懐に入れば御《おん》の字だ。それをおれたちに一人頭一分くれるという。若様が二、三両ほどピン撥《は》ねしているとして、なんのために四、五両もの小判をくれるんだ」

「おかしいわ」

かよも言い切った。

「抜けられないの」

「この期《ご》に及んではな。だがな、かよ、どんなことがあっても新八とおれは抜け出してくる。そいつは新八に約してある」

「お願い、兄さはもううちの働き手なの」

「承知している」

かよがどさりと藁の上に身を投げた。そして、

「小籐次さん」

と呼んだ。

「どうした、かよ」

かよの手が小籐次の手を握り、胸に誘った。固くしまった乳房の盛り上がりが、薄い単衣《ひとえ》の布地を透《とお》して小籐次の掌《てのひら》に感じられた。

「かよ」

小籐次は胸から手を引き剝がそうとした。だが、意思に反して、掌はぎゅっと

かよの小さな乳房を摑《つか》んでいた。

「痛いわ、小籐次さん」

「すまん」

小籐次は顔をかよの胸に寄せた。かよが襟元を引き開けた。すると左右不揃いな乳房が見えた。

「右のほうが少し大きいの」

「いい手触りだ、かよ」

小籐次の掌がかよの乳房をゆっくりと揉《も》みしだいた。小籐次の下腹部が急に熱くなった。

「かよ」

小籐次はかよの乳房に唇を寄せた。

ああっ
かよの口から密《ひそ》やかな声が洩《も》れた。

「いい、小籐次さん」

「おれもだ」

突然、鶏小屋の外に人の気配がした。

「かよはおるか」

「兄さだ」

かよが小籐次を突き飛ばすようにして起き上がり、襟元を掻き合わせた。

「小籐次はどうしておる」

「まだ眠っているわ」

かよの声に小籐次は眠ったふりをした。

「いつまで寝てやがる。刻限だぜ」

と言う新八の声がして、小籐次の手になにか固いものが触れた。

「なんだ、新八」

と目を覚ましたふりをする小籐次の手に、昨日預けた刀が握らされた。すると小籐次の下腹部のはりが急に引いていった。

三

目黒川沿いを小籐次と新八はひたひたと品川宿へと下っていった。

小籐次の腰間《ようかん》には保雅から借りた刀と籐巻の短刀があり、新八も道中差を帯に差し込んでいたが様にならなかった。

「おれたちが腰のものを抜き合わせることがあると思うか」

新八の声には不安が滲《にじ》んでいた。小者の倅だ、剣術はからきしだめだった。

「新八、それくらいのことは覚悟したほうがいい。だがな、おまえは道中差なんぞ抜くんじゃないぞ」

「どうすればいい」

「津之國屋の屋敷に鍬《くわ》の柄か、六尺棒くらいあろう。長いものを振り回していろ。そのほうが身を守り易い」

「そうか、そうする」

「それとも竹槍《たけやり》にするか」

小籐次は竹林を見て言った。

「竹槍か。仰々《ぎょうぎょう》しくないか」

「おれたちは金蔵番だ。仰々しいくらいがちょうどいいのだ」

小籐次は竹藪に入ると手頃な竹を探した。竹を見る目は幼い頃から父親の伊蔵に叩き込まれていた。繊維が固くつまり、すうっとした竹を探すと、保雅から借りた刀を一閃《いっせん》させた。地上一尺で叩き斬った竹の径は一寸五、六分か。それを新八の背丈に合わせて七尺五寸程度の長さに斬った。

「よし、こいつを担いでいけ」

「槍先はどうする」

「向こうに行って最後の細工を施す」

新八に竹竿を担がせて、さらに数丁下ると、北品川の寺町に出た。そこで二人は左に折れて目黒川に架かる土橋を渡り、右岸に移った。居木橋《いるぎばし》村、南品川外れから入会地を抜けると妙国寺裏だ。

もう津之國屋の屋敷は近い。

「いいな、新八。おれたちが命を張るほど、若様にも津之國屋にも義理はない。おれが合図をしたときには素直に従え。さすればおれたちの命だけは助かる」

「頼む」

新八が緊張の声で答えた。

「津之國屋の手代が、かよを食売にと買いに来たそうだな」

「喋《しゃべ》ったか、かよが」

「ああ」

「あいつが小籐次にな」

と唸った新八が、

「そうなんだよ、親父はかんかんに怒って叩き出したが、手代は屁とも思ってないぜ。また来るって言い残して帰っていきやがった」

「新八んちは、かよを身売りさせねばならないほど内所は苦しいのか」

「苦しくねえとこがどこにあるよ、小籐次」

妙国寺裏の辻から門前町が青物横丁に抜けていた。

津之國屋が本拠を構える一角だ。

食売旅籠から金貸しまで、品川宿の商いを裏で牛耳《ぎゅうじ》ると評判の津之國屋だ。門前町の三俣《みつまた》の辻に、間口二十間はありそうな漆喰《しっくい》壁と長屋門が聳《そび》えるように建っていた。

門の両側には丸に金の紋入り提灯《ちょうちん》が掛けられて、人の出入りを見下ろしていた。

津之國屋の主は、代々金蔵を名乗っているのだ。

二人は津之國屋の門を過ぎて池上道に入っていった。右手に松右衛門《まつえもん》が頭《かしら》の品川溜《だまり》を過ぎると、左手は江戸六地蔵の一つがある品川《ほんせん》寺、火除《ひよ》けの海雲寺、紅葉狩りの名所の海晏寺《かいあんじ》と寺の裏手の塀が続く。反対に右手は畑地になって急に人通りが少なくなった。

津之國屋が身代を集めたという百姓家は、海晏寺の塀の前、池上道から杉の並木が続く森の中にひっそりとあった。

同じ長屋門でもこちらは傾きかけていた。だが、門番小屋には人が住めそうな感じがあった。それにしても鬱蒼《うっそう》とした森と竹林に囲まれているだけに、夏だというのに空気までもがひんやりとして陰気だった。

「だれだ」

二人を誰何《すいか》する声が門番小屋から響いた。

仲間の筒井加助の声だ。

歩行新宿《かちしんしゅく》の裏長屋に住む加助は、親父が酒を飲んでの喧嘩で旅の武芸者に斬り殺され、母親と弟妹三人と暮らしていた。

「加助か。おれだ、新八に小籐次だ」

「竹竿なんぞ持ってどうした」

いつもは加助の腰には脇差しかなかったが、今宵は親父の遺品と思える塗りの剝げた大刀があった。だが、普段差し慣れていないせいで重そうに差していた。

加助は小籐次と同じ十八歳だ。

「遅いじゃないか」

「もう全員揃っているのか」

「いや、寺侍がまだだ。中では若様が小籐次はまだかと待っておられるぜ。直ぐに顔出しせよ」

と加助が命じた。

「合点だ」

新八が答えて、灯《あか》りもない長屋門から母屋に向った。すると蚊遣《かや》りの煙がもくもくと、開け放たれた戸口から出ていた。

「遅くなりました」

と新八が敷居を跨《また》ぐと、

「新八、小籐次を連れてきたか」

と若様こと松平保雅の硬い声が響いた。

「若様、これに」

よし、と答えた保雅の声に安堵《あんど》が漂った。

広い土間に空樽《あきだる》が置かれて保雅が大将然として腰を下ろしていたが、その前に浪人剣客風の男と津之國屋の手代と思える男が立ち、田淵参造らは広土間の端に不安げに集まっていた。

「そなたの顔はなんだ」

保雅が腫れ上がった小籐次の顔を驚きの眼で見た。

「なんでもございませぬ。なんぞ御用で」

「小籐次、津之國屋の手代がわれらの腕を見たいと言うてな。そなたを一番手にと待っておったところだ」

「参造らが雁首《がんくび》揃えてますな。おれを待たなくても、腕前を披露なされればよいものを」

「なんでも先鋒《せんぽう》は若い奴からと決まっておるわ」

保雅が知恵を働かせて答えた。参造らの腕は知れていた。それを知られるのを保雅は恐れていた。

幾多の修羅場を潜り抜けてきたと思える剣客は体付きも六尺近く、がっちりとしていた。余裕を見せるためか、口の端に黒文字《くろもじ》を銜《くわ》えていた。

「やってくれるな」

小籐次は相手を見た。するとじろりと睨み返した剣客が、

「手代、それがしを虚仮《こけ》にしておるのか。青臭い餓鬼《がき》ども相手に、なにをせよと言うのか」

「こやつらの腕前を試して下さいと願いましたぞ」

津之國屋の手代の返答はふてぶてしかった。片手を懐に突っ込んでいるところをみると、匕首《あいくち》でも呑んでいるのか。

「手代、そうではあるまい。おれの腕を値踏みしたくて、こやつどもを試せと命じているのであろうが」

「右治村《うじむら》さん、どっちでもようございますよ」

よし、と剣客が口から黒文字を吹き飛ばし、黒塗りの柄に手をかけ、鯉口を切った。

小籐次には手代の手前の虚仮威《おど》しと見えた。だが、

「えっ、真剣勝負か」

保雅が驚きの声を上げた。

「そなたら、津之國屋に遊びで雇われたか。われらは常に一剣に命を賭ける剣客商売だ」

どうする、という顔で保雅が小籐次を見た。

「致し方ない」

と答えた小籐次が、

「手代、刀勝負でどちらかが命を落とした場合、どうなる」

「死んだ者の亡骸《なきがら》を鈴ケ森の無縁墓地に放り込んで終わりですよ」

「勝負に勝ったほうには報奨もなしか」

「なにっ」

と手代が小籐次を見た。

「おまえ、本気で刀で渡り合うつもりか。勝つ気か」

「一つだけの命だ。そうそう捨てられるものか」

「小僧、おれに勝ったとせよ。おれの懐中に三両二分ばかり金子が入っている。それをそなたの勇気に免じて与えようか」

右治村が苦笑いしながら応じた。

「よし」

「そなたはなにを賭けるな」

と右治村が真剣な声音《こわね》で訊いた。

「おれか。この身一つしかない」

「顔を殴られた傷痕だらけの体一つか」

「親父に殴られたのだ。抵抗もできまい」

「よかろう」

右治村がすいっと剣を抜いて、百姓家の広土間に緊張が走った。相手は本気だった。

小籐次は広土間を見回した。土間の上に、梁が何本も通っていたが、刀を振り回すくらいで当たる高さにはなかった。

視線を右治村に向けた。

「そなた、流儀は」

「小僧、勝負の作法に則《のっと》るか」

応じた右治村はそれでも、

「田宮神剣流右治村松次郎」

と名乗り、一旦抜いた剣を鞘に戻した。

紀伊大納言頼宣《よりのぶ》の次男松平頼純が伊予西条三万石に封を受けた寛文十年（一六七〇）に、田宮流が西条に伝わり、その後、剣と居合を兼ね備えた田宮神剣流として一派をなした。

だが、小籐次は知る由《よし》もない。ただ、右治村の腕前がそれなりのものと判断し、命を賭けるしか生き延びる道はないと悟った。

小籐次は保雅に借り受けた剣を抜くと正眼に置いた。

「そなたの流儀を聞いておこうか」

「来島水軍流赤目小籐次」

「なにっ、来島水軍流が江戸に伝わっておったか」

驚きの声で応じた右治村は、西国の出だけに来島水軍流を承知していた。

右治村と小籐次は間合い一間余で対峙《たいじ》した。

広土間は寂《せき》として声もない。

時だけが流れて両者が仕掛ける気配が見えなかった。

表で足音がして、

「若様、光之丈がようやく参りましたぞ」

戸口から加助が飛び込んできてその場に立ち竦んだ。

右治村が動いたのはその瞬間だ。

すすっ
と滑るように間合いを詰めると腰間の一剣を抜き打った。

同時に小籐次も正眼の剣をわずかに引き付けながら、その反動を利して右治村に向って踏み込み、二尺七分の切っ先を喉元に伸ばした。

右治村の胴と小籐次の喉元への攻撃は束《つか》の間の差で交錯した。

「小籐次」

新八が悲鳴を上げた。

二人の体は腕を伸ばし合ったまま凍《い》て付いたように微動だにしなかった。

戸口から風が吹き込み、蚊遣りの煙が不動の二人を包み込んだ。

ゆらり
と体が揺れて、どさりと土間に崩れ落ちたのは右治村松次郎だった。

刀を翳《かざ》した小籐次は、右治村の五体がぴくぴくと痙攣《けいれん》する様を黙って見詰めていた。

初めての真剣勝負、それも尋常な立ち合いだった。そして、小籐次は初めて人を殺《あや》めた。

ふうっ
と息を吐いたのは松平保雅だった。

「ほう、品川宿のちんぴら侍にも、こんな腕前の小僧がいたか」

津之國屋の手代はほざくと、右治村の懐から財布を抜き取り、ぽんぽんと中身を確かめるように掌の上で投げていたが、自分の懐に仕舞おうとした。

小籐次の切っ先がぐるりと回り、

「手代、右治村どのとの約定《やくじよう》を聞いたであろう。そなたも右治村どのとともに三《さん》途《ず》の川を渡る気か」

「ちょっちょっちょ、冗談はよしてくんな。今、そっちに渡そうとしたところだよ」

手代が財布を投げると、

「松平の若様、いいですかえ。おまえ様方の仕事は暮れ六つから翌暮れ六つまで一日じゅうだ。ここを一歩も動いちゃいけねえ。奥の蔵を覗《のぞ》こうなんて魂胆《こんたん》も起こしちゃならねえ。いつ打毀しが襲来するか分らないからね。ようござんすね」

と命じた。

「手代、日当は毎夕六つに持参せよ。保雅様との約定、一文たりとも違《たが》えるな。もし持参せぬときは、おれは抜ける。よいな、手代」

手代の顔色が変わった。小籐次の腕前を見せつけられたばかりだ。顔を歪めて頷《うなず》いた。

「それから、右治村どのの亡骸を片付けて丁重に葬れ」

小籐次の言葉に手代が罵《のの》り声を上げた。

庭先で焚《た》き火が燃えていた。

小籐次は、焚き火の炎で先端を尖《とが》らせた竹槍の先をぐるぐると回しながら焼き固めた。傍らでは新八が作業を見ながら、

「小籐次、おまえの腕は本物だ。参造なんぞ、おまえがあいつを斬ったのを見てよ、ぶるぶる震えていたぜ」

と言った。

小籐次は最前から胸がむかむかして黙っていた。勝負の前は緊張して、相手を斃《たお》すことばかりを考えていた。が、勝敗が決した後、右治村の体が死の痙攣を繰り返すのを見ているうちに後悔の念が湧き起こり、小籐次の胸に不快感を生じさせていた。

「真剣勝負に勝った気持ちはどうだ」

「新八、黙っておれ」

「どうしてじゃ」

「気分が悪いわ。木刀勝負で叩きのめすくらいに留《とど》めておけばよかった」

「最初から勝つ気だったか」

「そうではない。勝負の前は、死にたくない、相手を斃さねば殺される、とそればかりを思うておった」

「落ち着いておったぞ」

「刀を構え合えばもはや戦うだけだ」

「小籐次、これで参造なんぞにあれこれ言わせずにすむな」

小籐次は竹槍の先を遠火で焼いて、よし、と言った。

「新八、使ってみろ」

「竹槍なんぞ使ったことがない」

「道中差を抜いたことはあるというのか」

「それもない」

「ならば竹槍をこの場で使ってみろ」

小籐次が竹槍を渡すと、新八がへっぴり腰で構えた。ひょろりとした痩せっぽちの腰が落ちて、なんとも頼りない構えだった。

「突いてみろ」

小籐次の命にそれでも、えいっ！　と気合いを発して新八が虚空を突いた。

「それでは相手の皮も突き破れぬわ。貸してみろ」

新八の手から竹槍を取り戻した小籐次が、新八から離れて竹槍を立てた。

外の様子を気にしたか、市橋与之助らが庭に姿を見せ、保雅まで庭に出てきた。

小籐次が竹槍を構えた。

数拍、呼吸を整えていた小籐次の腰が沈み、手にしていた竹槍が前後左右に突き出され、手繰《たぐ》り込まれ、また突き出された。

目にも留まらぬとはこのことか。さらに片手に七尺余の竹槍を持って払い、薙《な》ぎ、叩き、突きと軽々と操ってみせた。

竹槍の動きを止めた小籐次が再び立てて元の構えに戻した。

「来島水軍流竿差し」

と小籐次の口から声が洩れると、息を潜めていた保雅らがふうっと息を吐いた。

「小籐次、そなた、槍もこなすか」

「若様、うちの先祖は西国筋の水軍じゃそうな。船戦《ふないくさ》になったとき、船にある道具ならなんでも得物《えもの》にして使う。竹竿を使うのも戦法の一つよ、これは武士の技ではないわ。水夫《かこ》の護身術じゃぞ」

「小籐次、新八ばかりに竹槍を持たせるのは勿体《もったい》ないわ。われら大和小路若衆組に竿差しを教えよ。さすれば、刀を振り回すより打毀しを撃退できよう」

保雅が小籐次に頼んだ。

「水夫の技はいわば雑兵《ぞうひょう》の技。それでよいのか」

「刀をまともに扱えるのはおまえ一人。あとは虚仮威しに刀を差しておるだけだ。この際、長柄の竹槍が勝手はよかろう」

松平保雅は妾腹《しょうふく》とはいえ六万石の大名の三男、手下たちの技量をちゃんと見通していた。

「厩番のおれが竹槍の遣い方を教えてよいのか」

「小籐次、おまえの腕前を見せられてはなにも言えんわ。われらも自分の身くらい自分で守りたいからな」

傘張り浪人の倅、二十歳《はたち》の市橋与之助が皆を代表して言った。

小籐次は田淵参造がいないことに気付いたが、知らぬ振りをした。

「よし、善は急げだ。焚き火を持って竹藪に入り、竹を切り出すぞ。今晩じゅうに全員の竹槍を作っておけば明日から稽古ができよう」

保雅以下七人が小籐次の言葉に従い、百姓家裏手の竹藪に入っていった。

四

その夜、何事も起こらなかった。

小籐次は広土間で新八に手伝わせて竹槍造りに精を出した。保雅は総大将ゆえ竹槍を持たせるわけにはいかない。そこで今戻ってきた参造、小籐次を含めて七本の竹槍造りだ。夜半九つ（午前零時）近くまでかかった。

保雅らは酒をちびちび飲みながら馬鹿話をして時を過ごしていた。

「若様、屋敷を何日もあけて、用人なんぞが探し歩くことはございませんので」

「光之丈、おれは妾腹だぞ。麴町の屋敷のおっかねえ奥方がおれのことを毛嫌いしておるからな。下屋敷の家来どももおれにかまうことはないわ」

「兄二人が死ねば、若様が殿様になれるんだがな」

ただ一人の町人の吉次が言った。吉次の親父は、南品川宿の小さな旅籠の番頭をしていた。こちらは十九だ。

「吉次、そう都合よく世の中が通るものか」

「一服盛るというのはどうです」

参造が言い出した。

「参造、おまえがしのけてくれるか」

「六万石の江戸屋敷なんて入ったこともないよ。門番に叩き出されるのが落ちだよ、若様」

「おれだって正月くらいしか屋敷の門を潜ったことがない。兄者二人がどこに住まいしておられるかさえ知らぬのだ。他人のおまえにできるものか」

「若様、この仕事、いつまで続く」

筒井加助が訊いた。

「なにか用があるのか」

「そうじゃない。小籐次が手代にきつく言ったから、明日の夕刻には一分が手に入る。日当がいくらほど貯まるかなと思ってさ」

「加助、北品川宿に馴染《なじ》みがいたな。あの女のところに走るつもりだろうが」

「参造、違う。此度《こたび》の稼ぎはお袋に届けるつもりだ。命を張っての稼ぎだからな、無駄には使えない」

と加助が言った。

「加助、津之國屋の番頭は、まず十日はたしかと言っておったぞ」

「十日ならば二両二分か」

加助が陶然《とうぜん》とした顔付きをした。

「だが、その前にひと悶着《もんちゃく》ありそうだ」

寺侍の土肥光之丈が呟いた。

「うちには赤目小籐次って強い剣術家がいるんだ。打毀しなんて烏合《うごう》の衆は竹槍で追い払ってくれよう」

加助が小籐次を見た。

「加助、自分の身は自分で守れ。それになにかあるとしたら、打毀しなんかじゃない」

小籐次が言い切った。

「小籐次、では何者がこのあばら家を襲いにくる」

保雅が、ようやく竹槍を造り終えた小籐次に問い返した。

「若様、そいつが分らない。われらの命を守るには相手を知ることも要る」

「どうせよと言うのだ」

「津之國屋の内情を探れぬか。われらの真の役目を知ることが先決であろう」

「小籐次、手代はこの家の蔵を覗いちゃならねえと厳しく言い置いていったほどだ。津之國屋の内情なんぞ探ってみろ。おれたちの首が飛ぶぞ」

参造が喚いた。

「参造、おまえはこのあばら家を打毀しが襲うと思うか。あばら家を守っただけで一人頭一分の仕事がどこにある」

小籐次の詰問に参造が返答に窮した。

「小籐次、津之國屋の番頭はたしかにそう言ったぞ」

「若様、こいつにはわれらの知らないことが隠されている。われらの命に関わることだ」

「どうすればいい、小籐次」

「だから、隠されたわれらの役目を知ることが先決ですよ」

小籐次が言うと、南品川宿の旅籠の番頭の倅を見た。

「おれに調べろってか」

小籐次は右治村から勝ちとった財布を懐から出すと、一分金二枚と一朱二枚を吉次に渡した。

「あれだけの大所帯だ。津之國屋に不満を持っている奉公人や、恨みを抱いている同業の者が一人二人はいよう。そいつにあたることだ。酒が好きな奴には酒を飲ませ、甘いものが好きな女は甘味屋に連れ込め、吉次」

「分った」

と吉次が頷くと、

「明日の朝からでいいか、若様」

と大和小路若衆組の総大将に許しを願った。

「夕暮れまでには戻ってこいよ。頭数が揃ってないと、貰うものも貰えないからな」

「分ったぜ、若様」

小籐次はでき上がった竹槍を広土間に立て掛け、一本を新八に担がせた。

「小籐次、酒を飲むか」

保雅が小籐次に媚《こび》を売るように言った。腹心の参造より小籐次が頼りになると思ってのことだろう。

「われらは眠る。長屋門の番人小屋に泊まるゆえ、なんぞ異変があれば直ぐに対応できる」

小籐次と新八は表の厠に小便に向った。厠の掛け行灯《あんどん》が点《とも》っていた。小籐次がそれを外した。

「裏の蔵を確かめる」

「これからか」

新八が不安そうな顔をした。

「危ないようなら近付かぬ。だが、蔵の秘密を確かめておかぬと、われらの行動に差し障りが生じよう」

よし、と新八が武者振るいをした。

二人はあばら家を回って裏手に出た。するとそこに一ノ蔵、二ノ蔵と土蔵が二棟並んでいた。

小籐次と新八は、扉が閉じられた一ノ蔵の様子を耳を寄せて窺《うかが》ったが、人がいる気配はなかった。

「津之國屋の身代は何千両にもなるというぜ。それほどの財産を、見張りもいない蔵に隠していいのか」

「おれたちが見張りだよ、新八」

「だけど、蔵に近付いちゃならない見張りなんてあるか」

「だから、おれたちが確かめるんだよ」

二人は一ノ蔵の周りを調べて回った。出入口は母屋に接したほうの一箇所だけだ。

小籐次はなんとなく背中がもぞもぞした。人の気配はないが、なにか体に感じるものがあった。

再び表に戻ってきた。一ノ蔵の扉は錆《さ》びついていて、何年も開けられていないようであった。錠前もしっかりと掛かっている。この扉から人の出入りはできないのだ。

小籐次は念の為に一ノ蔵の取っ手に手をかけてみた。だが、ぴくりとも動かない。二ノ蔵に移動して調べてみると錠前は掛かっておらず、取っ手が動いた。

小籐次が取っ手を握って動かすと、普段から使われているとみえて扉が音もなく開いた。

「小籐次、大丈夫か」

「嫌なら表にいろ」

「行くよ」

新八が小柄な小籐次の背にぴったりと従った。

小籐次が手にした壁掛け行灯の灯りに二ノ蔵の内部が見られた。天上の梁から鉄鎖や太縄が下がり、壁には先のささくれた青竹や竹刀や木刀が立て掛けられ、風呂桶のような樽もあって水が張ってあるのが見えた。床は三和土《たたき》だ。

蔵全体に血の臭《にお》いが染《し》み込んでいた。

「責め蔵だな」

「津之國屋の食売旅籠から抜け出た女は、えらい折檻を受けるというぜ。ここがその拷問蔵じゃないか」

「そうかもしれぬ」

蔵の内部はおよそ四十畳か。奥の十五畳分の天井に中二階の床が見えた。

小籐次と新八は梯子《はしご》段を上がってみた。すると中二階の三方の壁に棚があり、異国の調度品と思われるものが仕舞われていた。

ギヤマンの壺、コップ、銘木、楽器らしきもの、更紗《さらさ》などの布地がきちんと整理されて大量に保管されていた。どれも使われた形跡はない。さらに異国の長持ちか大きな革製の箱がいくつも重ねられてあり、その傍らには船で使う麻縄や船具類があれこれと積まれていた。

「これが津之國屋の身代か」

「違うな。こいつは抜け荷じゃないか」

「抜け荷だって。津之國屋は抜け荷にも手を出しているのか」

と叫んだ新八が、

「そうだ、思い出したぜ。津之國屋は鉄砲洲《てっぽうず》の船問屋を借金のかたに押さえたとかなんとか、何年も前に噂にのぼらなかったか。船くらい持っていても不思議ではない」

「そんなことがあったかもしれない」

と応じた小籐次の目が小分けにされた布袋に留まった。

「なんだ、こいつは」

小籐次は一つの袋を手に持ったが、三百匁《もんめ》はありそうな重さで、触ると布の上からでも弾力が感じられた。

「中はかたいぞ」

「砂糖か」

新八が嬉しそうな顔をした。

江戸の末期でも砂糖は漢方が手掛ける貴重品だった。庶民の口に入るものではない。

「砂糖のかたまりではあるまい」

小籐次は小柄を抜くと布袋に刺した。切っ先が跳ねかえるほど弾性の感触があり、ぐいっと押しつけて切っ先を抜いた。すると切っ先に茶色の表皮が付き、その下には乳色のものが付着してきた。

「なんだ、これは」

「分らぬ」

と小籐次が答えたとき、外に人の気配がした。小籐次は慌てて壁掛け行灯を吹き消した。

二人が息を潜めていると、数人の男たちが蔵の中に入ってきて行灯を点した。

小籐次と新八は二階の床板の隙間《すきま》から下を覗いた。行灯の灯りに照らされ、なんとか様子が見えた。

三人の男たちが猿轡《さるぐつわ》をかませた娘を二人連れて蔵の奥に向ってきた。

娘らの顔立ちまでは見分けられなかったが、十五、六か。着ているものは町娘のそれではないように小籐次には思えた。

「小籐次」

と怯えた声を洩らす新八に喋るでない、と小籐次は小声で命じた。

階下の様子は見えなくなっていた。息を殺していると羽目板を叩くような気配がして、鉄鎖ががらがらと上下するような音がしたかと思うと、ふいに人の気配が消えた。

「ふうっ、助かった」

「新八、蔵の中に仕掛けがあるぞ」

「あの娘らは何者だ」

「着ているものから見て、在所から勾引《かどわ》かされてきたな」

「品川宿で働かされるのか」

「品川の食売に売られるのなら蔵に連れ込むこともあるまい。上方《かみがた》に売られるか、いや、ひょっとしたら異国に売り飛ばされる娘かもしれないぞ。津之國屋は、娘たちの代金にこの品を受け取っているのではないか」

「おれたちの仕事は打毀しの見張りなんかじゃないな」

「違うな」

　小籐次がきっぱりと言い切り、布袋を一つ新八に持たせた。

「どうする気だ」

　少し考えさせろ、と言って小籐次は胡坐《あぐら》をかくと、腕組みして思案した。

「小籐次、先に逃げ出そうぜ」

「いや、まだだ」

小籐次は中二階を見回し、新八を船具類が積まれた隅に連れていった。

「おまえはこの船具の背後に隠れていろ。そのうちあいつらが戻ってこよう。あいつらの様子を確かめて蔵を抜け出しても遅くはあるまい」

「やばいぜ」

「若様が津之國屋の妙な仕事を請け負ったときから、おれたちは使い捨ての身だ。これ以上、危ないもないもんだ」

小籐次は竹槍を握った新八を船具類の背後に押し込め、その辺に積んであった麻布を新八の頭にかけて隠した。

「小籐次はどうする」

「おれは身が軽い。どんなことをしても奴らの眼なんぞに留まらないように動く」

と答えたとき、再び二人の足元でがらがらと鉄鎖がこすれる音がして、中二階にまで生暖かい風が吹き上げてきた。

「新八、おれが声をかけるまで、じっとしていよ」

と命じた小籐次は異国製の長持ちに這い上がり、さらに蔵の中の梁によじ登った。

「兄い、地下蔵は息苦しいぜ。早く外に出ようぜ」

と言う声に、

「大番頭に命じられたものを忘れちゃなるめえ」

中二階への梯子段を上がってくる足音が響いて、小籐次の下に二人の男が姿を現し、小籐次が小柄の先で突いた布袋を一つずつ抱えた。

「これ一つで何百両の儲けとは驚きだぜ」

「長治、てめえ、錠前を掛け忘れるんじゃねえぜ。開けっぱなしにしやがって驚いたぜ。あばら家にちんぴらが詰めているんだ。だれがどんな関心を持って入り込んでくるかもしれねえじゃないか。大番頭に知られたら、おまえは半殺しの目に遭うぜ」

「ちょっとの間だよ、兄い」

「しっかりと錠前を下ろしていけよ」

二人は再び梯子段を下りて階下で行灯を吹き消し、蔵の外に姿を消した。二人は長屋門に向わず裏手の竹林に消えた様子だった。

小籐次はしばらく間をおき、真っ暗な梁から長持ちを足場にして中二階に下りた。

「小籐次、いるか」

新八が泣きそうな声を上げた。

「おれが呼ぶまで声を出しちゃならないと命じたぜ」

「そんなこと言ったたって、心臓《しんのぞう》が口から飛び出しそうだよ」

「真っ暗だから気をつけろ」

麻布を剝いだ小籐次が新八を船具類の後ろから引き出した。

「おれたち、蔵に閉じ込められたぜ」

「そんなことより、ちょいと待ってろ。灯りをどうにかしないと動きがつかない」

小籐次はその場に新八を残して梯子段を下りた。二人が行灯を吹き消した辺りに火打ち石があるのを見ていた。血の臭いが染み込んだ蔵の壁を手探りで探すと火打ち石に触れた。火打ち石と金具をぶつけて種火をつくり、行灯の灯心に火を移した。

下屋敷勤めの厩番だ。朝も明けきらぬうちから厩で働くので暗いところでの作業は慣れていた。

「よし」

と言った小籐次の目に、蔵の隅にひっそりと佇《たたず》む男の姿が目に入った。

「しまった」

三人目を忘れていたと小籐次は思った。

「どうもおかしいと思ったぜ」

懐手をして、頰に傷のある男が呟いた。

「小僧、どこから入り込んだ」

「土蔵の出入口は一つじゃないのか」

ふっふっふ
と傷のある頰に笑いを浮かべた男が、

「度胸がいいな、小僧。おめえもあばら家のちんぴら仲間か」

「われら、なんのために津之國屋に雇われたのかのう」

「それを探りに蔵の中に入り込んだか」

そんなところだ、と答える小籐次に男が歩み寄った。

「おまえらは津之國屋の捨て駒だ。いずれ、なんぞの曰《いわ》くを負わされて殺されることになる」

「そんなことだと思った」

「おめえ一人か」

と問う声に怯えた新八が体を動かしたか、中二階の床がぎいっと鳴った。

「ほう、仲間がいたか」

男は恐れる風はない。

「おまえは津之國屋のなんだ」

「おれの親分の一家がそっくり津之國屋に雇われているのよ。一宿一飯の恩義、義理を立てなきゃならねえのさ」

「つまらぬ義理なんぞ捨てて品川から出ないか。さすれば命は助けてやろう」

「小僧、この丹助《にすけ》と張り合う気か。顔が腫れるくらいじゃすまねえぜ」

「親父に折檻されたんだ。不器量面でも他人には触らせぬ」

ふーん
と鼻で笑った丹助が、懐から折り畳んだ鎌のようなものを出した。小型の鎖鎌だ。

「新八、竹槍を落とせ」

と小籐次は中二階の新八に命じた。

「小籐次、大事ないか。逃げられないか」

と言いながらも新八が竹槍を横にして小籐次に投げおろした。ふわり、と落ちてくる竹槍を見もせず気配で摑んだ。

「ほう、小僧。度胸だけではないな」

丹助は左手に分銅を持つとくるくる回し始めた。すると鎖が伸びて回転が段々と大きくなり、速さを増した。丹助の手が動いて、分銅が斜めに楕円を描いて小籐次の体へと伸びてきた。丹助が手の中で鎖を伸び縮みさせているのだ。ために楕円の軌道を描いていた。

小籐次は手にしていた竹槍を体の前に立てた。五尺に満たない体の前に七尺の竹槍が立てられたのだ。まず分銅を竹に絡める、と小籐次は考えていた。

「小僧、おめえの思いどおりにはいかねえ」

楕円を描いていた分銅が急に軌道を変え、小籐次が立てた竹槍を襲うと二つに砕いた。

小籐次の手に四尺余の割れ竹が残った。

さらに楕円軌道に戻った分銅が小籐次を襲った。

小籐次は手にした竹で分銅を叩いた。分銅を押し返したが、竹は再び砕けていた。残ったのは一尺数寸余の竹だ。

丹助がにたりと笑って分銅を再び楕円軌道に戻した。

小籐次はするすると間合いを詰めた。

分銅が伸びてきた。

小籐次が分銅を割れ竹で叩くと分銅が絡まった。ぐいっと引いておいて割れ竹を手放した。

その瞬間、小籐次は丹助に向って走ると腰間の一剣を抜き上げ、分銅を引きもどす丹助の脇腹から胸部を斬り上げていた。

丹助は鎌で小籐次の攻撃を受け止めようとしたが、勢いが違った。

小籐次の刃を受けた丹助が土蔵の羽目板に吹っ飛んで三和土に転がった。

五

小籐次、と震え声が頭から降ってきた。

「新八、逃げるぜ」

「この仏、どうするよ」

「風入れの高窓から抜け出すんだ。骸《むくろ》を抱えて逃げられるものか」

「明日、大騒ぎになるぜ」

「それもそうだな。よし、新八、麻布があったな。そいつを持って下りてこい」

新八が何枚か麻布を抱えて梯子段を下りてきた。

小籐次と新八は麻布に丹助の体を包み、血が滴《したた》り落ちないようにした。

「足を持って梯子段を引き上げよ。おれが頭を抱える」

二人してまだ温かい丹助の体を抱えると梯子段を使い、中二階まで引き上げた。

「これからが大変だぞ」

麻縄を首にかけた小籐次が長持ちに上がり、風通しの穴の鉄扉を開いた。なんとか人ひとりが抜け出ることができそうだった。麻縄を垂らして新八が丹助の体を括《くく》り、二人で力を合わせてようやく長持ちの上まで引き上げた。

次いで新八が長持ちに上がり、二人して鉄扉からそろりそろりと蔵の外に丹助を引き下ろした。

小籐次が麻縄の端を梁に結びつけ、新八を先に行かせることにした。

「おれは後を片付けて直ぐに下りる」

「小籐次、仏と一緒におれ一人なんて嫌だぜ」

「泣きごと言うな。縄を解いておれ」

小籐次は長持ちから飛び降りると梯子段を駆けおり、丹助の鎖鎌、折れた竹を回収し、行灯を元に戻すと吹き消した。

暗闇の中、勘だけで中二階に戻った小籐次は、手探りで長持ちを探してよじのぼり、結びつけた麻縄を解くと梁に一方の端を通して二重にした。

下に降りた小籐次が一方の端を引くと、するすると麻縄が引っ張られて抜け落ちる仕掛けだ。

小籐次は二重の麻縄の端を一旦引き上げ、刀と短刀、割れ竹、鎖鎌を括り付けてまず下ろした。そうしておいて麻縄に身を託して鉄扉の外に出た。鉄扉を外から閉じる。縄が梁にかかっているので完全に閉じられたわけではないが、当分気付かれなければよいことだ。

（よし）

と呟いた。

地上に下りて麻縄を回収する小籐次に新八が、

「この亡骸、どうするよ」

「竹林に担ぎ込む。どこぞに穴を掘って埋めよう」

「長い一日だぜ。小籐次は、今日だけで二人も殺《や》ったな」

と新八に言われて、小籐次は背筋にひやりとしたものが走った。人の命を初めて、二人も奪ったことになる。

「どんな気持ちだ」

「いいわけなかろう。おまえがおれを呼び出したせいだぞ」

「そう言うな。これも仕事だ」

新八の言葉に、小籐次は右冶村から勝ちとった財布を懐から出すと、二両を新八に差し出した。

「なんだ、これ」

「口止め料だ。今晩、おれたちが見聞きしたことは若様らに話してはならぬ」

「どうして」

「若様はあの気性だ、仲間に話すに決まっている。参造の口は軽い。津之國屋に直ぐに伝わる」

「あとで知られたらやばくないか」

「知らぬ存ぜぬを押し通す。いいな、新八」

「わ、分った」

「二両をあやつらに見付かるな」

小判って冷てえな、と言いながら新八は六尺褌《ふんどし》にたくし込んだ。二人は最前竹を切った竹林に骸を引きずり込むと、月明かりに古井戸を見付けた。

「新八、古井戸に投げ込んで隠そう」

蓋《ふた》の板を外すとひんやりした空気が小籐次の顔に触れた。

「よし、落とすぞ」

麻布に包んだ仏を二人が抱え上げると、石積みの井戸の縁から落とした。穴は深いのか、しばらく間をおいてどさりという音が響いてきた。

小籐次は懐の鎖鎌や割れ竹を投げ込んで合掌《がっしょう》した。すると新八も真似た。

「よし、長屋門に行こう」

二人は母屋を遠回りして、傾いた長屋門に戻った。最前加助がいた番人小屋を引き開けると、蚊がぶーんと襲来した。

「新八、蚊遣りはないか」

「まず行灯だ」

二人は手探りで灯りと蚊遣りをなんとか点した。

三畳ほどの板の間で片隅に夜具があった。壁には梯子が立て掛けられ、物置部屋が板の間の上にあった。

小籐次と新八は梯子を上がってみた。こちらは精々二畳ほどの板の間だが、がらんとしていた。格子窓が切り込まれており、小籐次が枠を揺さぶると外れた。

昔、奉公人が夜遊びに行くとき、この格子窓から出て、塀の上に移動して敷地の外に飛び降りた、そんな感じの外れ方だった。

「新八、この物置部屋に寝よう。いきなり襲われる心配はないからな」

新八が板の間に下りて夜具と蚊遣りを物置部屋に上げ、小籐次が梯子を引き上げた。

格子窓から風が入ってきた。

「これはいい」

小籐次は綿入れを腹にかけて板の間にごろりと横になった。

「小籐次、あの娘らはどこに消えた」

気持ちが落ち着いたか新八が訊いた。

「最前からそいつを考えている。あの二つの蔵は地下でつながっているのだ。娘らは錠前が下りた蔵に押し込められておろう」

「どうする、異国に売られるのだぞ」

「新八、おれになにをしろと言うのだ」

「見逃すのか」

「われらは津之國屋の雇われだぞ。娘を逃がしたら若様の仕事どころじゃないぞ。津之國屋に本気で殺されるぞ」

「小籐次、おれたちはどっちにしろ、なんぞ理由をつけて殺されるんじゃなかったか」

「まあ、そうだが、津之國屋相手になんぞ仕掛けられるか」

今日一日で小籐次はふてぶてしくなった自分に驚いていた。親父が厳しく叩き込んでくれた来島水軍流の技が通用すると分ったことが、小籐次に自信を与えていた。

「新八、今日の様子だと、事が起るのに何日か余裕があろう。その間にこっちの腹積りを定めようか」

「こいつも若様に内緒か」

「言ってみろ。たちまち津之國屋にご注進する奴《やっとう》がいる」

「参造だな。あいつ、おまえの剣術の腕を見せられて、びっくりしていたもんな。

若様とて腹心を参造からおまえに替えたいような顔付きだったぜ」

「新八、おれたち二人は大和小路若衆組の一員じゃねえ。おれとおまえだけの組だ。互いが肚を割れるのはおまえとおれだけだ。助かりたいと思えば、このことを頭に叩き込んでおくことだ」

「一日一分の約定の日当はどうなる」

「明日の夕刻になればそれも分る」

「津之國屋が払わなかったら二人だけで逃げ出すか」

「津之國屋のことだぜ。おれたちの屋敷まで追っかけてきてけじめをつける」

「けじめたあ、なんだ」

「始末する。おれたちが殺されるってことよ」

小籐次は欠伸《あくび》交じりに応じると、

「おれは寝る」

と綿入れを腹に掛け直した。

「津之國屋は品川宿じゅうに網を張ってやがるぜ。おれたち二人でどうするよ」

新八の声に泣きが入っていた。

「どうもこうも新八、おまえがおれを仲間に引き入れた話だ」

「若様に呼んでこいと命じられただけだよ」

「果報は寝て待てというから、眠ればいい知恵も浮かぼう」

小籐次、おまえって奴は、と力なく呟いた新八がごろりと寝て、

「足が壁につっかえた。おまえは小さくていいな」

と言う声を半分聞きながら、小籐次は眠りの世界に落ちていった。


「いないぜ、あいつら」

参造の声に小籐次は目を覚ました。

中二階の物置部屋から下を覗くといつの間にか朝になり、番人小屋の狭い土間に田淵参造と筒井加助の姿があった。

「仕事に恐れをなして逃げやがったな」

「参造、肝っ玉の大きな小籐次のことだぜ。逃げるとも思えない」

「加助、昨日までおれのことを参造さんとか、参造どのとか呼んでいたな」

「おれたち仲間だからな。さん付けはおかしかろう」

「おまえ、小籐次の腕を見せられたからって、急に態度を変えやがったな」

「参造、態度を変えたのはおれではない。若様だよ」

「くそっ！　小籐次め。新八を誘って逃げやがったぜ。あいつの正体を見たろ。そんな奴だよ」

「津之國屋の連中になんて言うんだ。だれかいなくなったって血相を変えているんだぜ」

「小籐次と新八に罪をおっかぶせるさ。津之國屋の連中があいつらの始末をつけてくれる」

「仲間甲斐《がい》がないな、参造は」

「加助、あいつらのお蔭でおれたちが折檻受けるんじゃ、間尺《ましやく》に合わない」

小籐次は未だ眠り込んでいる新八を揺り起こすと梯子を下ろした。

「いたいた、小籐次がいたぞ」

加助が嬉しそうに上を見上げた。

「参造、随分なことを言ってくれたな」

小籐次は父親に殴られた腫れの痕を手で触って確かめた。まだ熱を持っている。冷やしたほうがいいな、と小籐次は考えた。

「小籐次、それどころじゃないぞ。津之國屋の連中がさ、仲間がいなくなったとか言って、母屋に探しに押し掛けているんだよ。おまえら、知らないか」

参造が言うところに新八が梯子を下りてきた。

「おれたち、ぐっすりだもの。なにも知らないよ、参造」

「おまえも、さん付けを止めやがったか」

「仲間内でさんだの、どのだの付けていいのは若様だけだよ。なあ、加助」

「おう、そうだ」

参造が舌打ちして、若様がお待ちだよ、と番人小屋の土間から出た。

小籐次が表に出るとあばら家は朝靄に見え隠れしていた。

「どこか、井戸はないか。親父が殴った痕が熱を持っているんだ」

小籐次が言うと、母屋の裏手にあったぜ、と加助が答えた。

「参造、先に行ってろ。おれと新八は顔を洗っていく」

「逃げるんじゃねえぜ」

「逃げるならば昨夜のうちに逃げ出しているさ。おれたち、日当も貰ってないもんな」

「小籐次、毎晩なにもないと楽して稼げるがな」

加助が能天気に笑った。

「直ぐに行くと若様に伝えろ」

小籐次と新八は外の厠で交替に小便をし、裏手に回って井戸を探した。釣瓶《つるべ》で水を汲《く》み、手桶に注ぐと、小籐次は手拭いを濡らして絞り、殴られた痕にあてた。

「気持ちがいいや」

「小籐次、昨夜の一件だぜ」

新八が言いながら土蔵を見た。

朝靄に包まれた土蔵はひっそりとしていた。風が戦《そよ》いで靄が流れると、だれが植えたか、朝顔が土蔵に張り付いて花を咲かせていた。

「知らぬ存ぜぬ、おれたちは長屋門の脇の番人小屋で眠っていた。それだけを頭に叩き込んでおくんだ、新八」

「分っているって。おれたち眠っていて、娘が土蔵に連れ込まれたところなんて見てないもんな」

「新八、その言葉が余計だ」

「ああ、おれたちはただ寝ていたんだ」

手拭いで殴られた痕を冷やしたので幾分頭がすっきりとした。

「若様が待ってるぜ」

新八の言葉に、小籐次は手桶の水を朝顔の根元に撒《ま》いた。

広土間に怒りの声が響いていた。

「丹助って男は腕が利いたんですよ。それがこの敷地で忽然《こつぜん》と消えた。あんたら、酒を飲んでいたんですか。それで日当を貰おうという心積りですか。若様だかなんだか知らないが、少し虫がよすぎはしませんか」

でっぷりと太った体に絽《ろ》の夏小袖と羽織を着た男だ。

松平保雅を相手に扇子を振り回して怒るのは、津之國屋の大番頭琢蔵《たくぞう》だ。供は渡世人と思える四、五人と、顔を見知った手代だった。どの者も面構えが尋常ではなく、血の臭いさえした。

「われらの勤めは打毀しが襲来したときに追い返す、そういう約定でこのあばら家にいるのだ。土蔵に近付くなとも言われている。そんなわれらに、そなたらに関わりの男がいなくなったからといって、尻を持ってこられても困る」

「もう少し利発なお方かと思いましたがな」

扇子をばたばたさせた大番頭が、不意に戸口に立った小籐次と新八をじろりと見た。

「おお、小籐次か。津之國屋の大番頭どのが怒っておられる。そなたら、丹助と申す男を知らぬか」

ほっと安堵の顔で保雅が小籐次に言った。

「われら、長屋門の番人小屋で眠り込み、加助に起こされるまで白河夜船《しらかわよぶね》にございましてな、なんのことやら知り申さぬ。夜中に長屋門を出入りした者はおらぬと思うがな」

「この小僧侍が用心棒志願の者を叩き斬ったという凄腕ですか、手代さん」

琢蔵が、右治村某《なにがし》を連れてきた手代に訊いた。

「大番頭様。こやつ、見かけによらず腕は一人前以上でございますよ」

「直吉、この者、うちに引き取って用心棒の一人に加えますか」

「それはよいお考えかと存じます」

小籐次を前に大番頭と手代は勝手な話をした。

「そなた、名は」

と大番頭が訊いた。

「赤目小籐次」

「赤目ね。今日から津之國屋の本店に雇ってあげます。若様なんて餓鬼の遊びに加わっていても、美味《おい》しい酒にはありつけませんぞ」

大番頭が傲慢《ごうまん》な顔で言い放った。

「断わる」

「なにっ、断わるですと。津之國屋の琢蔵の思《おぼ》し召《め》しを聞けぬとな」

「聞けぬな。おれは仲間の誘いゆえこの怪しげな話に乗ったのだ。用心棒などまっぴらご免だ」

「腹っぺらしの餓鬼が、津之國屋の大番頭さんになんということをぬかしやがる」

丹助の仲間の一人が長脇差の柄に手をかけて小籐次に迫った。

「死にたいか」

小籐次がじろりと睨んだ。

昨日、小籐次は二つの戦いを経験し、生き抜いていた。二人の命を奪った事実が小籐次の相貌《そうぼう》を変え、凄みが加わっていた。

「小僧、津之國屋の大番頭様は、この界隈の大名屋敷なんぞ屁とも思われてないんだよ」

「使い走りの出る幕ではない」

小籐次は一喝し、大番頭の顔を見た。

「ふてぶてしい面構えですな。おまえさん、昨夜、番人小屋で寝ていたと言ったが、確かですか」

「二度とは言わぬ」

　琢蔵の視線が新八に向けられた。

「ひょうろく玉、なんぞ見ておらぬか」

「小籐次とともにぐっすりと眠っていた」

　新八も答えていた。その表情を琢蔵が穴の開くように睨んでいたが、

「いいでしょう」

　と引き下がる気配を見せた。

「大番頭どの、われらの仕事はこれまでどおりでよいな」

　保雅が念を押した。

「直吉、この役立たずらをどうしたものかね」

　と思案の体《てい》の大番頭が、

「いいでしょう。当分、この家に居候させてあげます」

　と言った。

「大番頭、約定の日当を貰えるのであろうな。そうでなければ勤める意味がないでな」

小籐次が言い放った。

「仕事が終わったとき、きちんと始末をつけてあげますよ」

「いや、一日一日精算の約定が手代とできておる。昨日から今夕までの一日分の日当を持参せよ」

「この小僧さん、口の利き方を知らぬとみえる」

大番頭が貫禄を見せて言い放ったとき、長脇差の柄に手を掛けていたちんぴらがいきなり抜き打ちで小籐次に斬りかかった。

その気配を察した小籐次の動きはさらに敏捷《びんしょう》を極めた。小柄な背を丸めて相手の内懐《うちぶところ》に潜り込むと、股間をしたたかに蹴り上げていた。

ぎゃあっ

と叫んだ相手がその場に悶絶した。

「やりやがったな」

仲間が小籐次を囲んだ。

小籐次が睨み返した。

「およしなさい。小僧さんの勇気に免じて今日は見逃します」

琢蔵は言い捨てると、さっさとあばら家から出ていった。

第二章　池上道大さわぎ

一

小籐次は青竹を構えて、突き、払い、薙ぎ、殴るかたちを見せた。

五尺に満たない小籐次の体のどこに機敏さと力が秘められているのか、七尺余の青竹がまるで生き物のように躍り、反転し、飛び上がり、地を這った。

「来島水軍流は波間に浮かぶ船の上で使われる武術ゆえ、腰がふらついてはこの青竹に力が伝わらぬ。よいな、腰を沈め気味にして、五体をしっかりと保つことがなにより大事だぞ」

参造ら竹槍を構えた面々に小籐次は言った。

空樽に腰を下ろして竹槍の稽古を眺めるのは総大将の松平保雅だ。

「参造、武術指南の小籐次の申すこと、よう聞かぬか」

「若様、腹が減っては戦もできませんよ」

参造が泣きごとを言った。

「三度三度の飯のことまで手代はなにも言わなかった。どうしたものかな」

保雅が小籐次を見た。

吉次は品川宿に探索に出ており、あばら家には保雅以下七人が残っていた。退屈と空腹を紛らわすために小籐次の提案で竹槍の稽古を始めてみたが、参造の泣きごとで稽古が中断した。

「鍋釜はあっても、食いものはなにもないぞ」

寺侍の光之丈が竹槍に縋《すが》る体で言った。

「米味噌を買おうにも、夕刻まで日当は届かぬ」

六万石の若様が困惑の体で続けた。小籐次の懐をあてにしているのは歴然としていた。

「若様、日当ですが、届けられましょうか」

加助が不安げな顔で訊いた。

「小籐次があれほど念を押したでな、届けてこよう」

と答えた保雅の返答も自信なげで、

「どうしたものか、小籐次」

と矛先《ほこさき》を小籐次に向けた。

「夕刻まで待つ。それしか手はない」

小籐次は懐から財布を抜くと、

「新八、加助、これで米味噌を買ってこい」

と一分と二朱を新八に渡した。もはや小籐次の懐には二分しかない。人ひとりを匿した代償がどんどん消えていく。

「よし」

と竹槍を投げ出した新八と加助が庭から長屋門へと走っていった。

「稽古は止めだ」

参造が竹槍を投げ出した。仲間らもその気を失《う》せさせていた。

「若様、この屋敷に打毀しなど来るとは思えませんぞ」

「このあばら家に津之國屋の身代が隠されているなんて考えられぬな、参造」

「とすると、われらの役目はなんですね」

「それが分らぬ」

と匙《さじ》を投げた保雅が小籐次を見た。

「津之國屋がわれらをなんぞに利用しようとしているのはたしか」

「利用するとはなんだ」

「口約束であれ、日に何両も金子を出すのだ。われらの命かのう」

「なにっ！　命を取られるだと、それは困る」

寺侍の光之丈が叫んだ。

「飼い殺しにして何両も出す馬鹿がどこにいる。われらを利用するとしたら、津之國屋の罪咎《つみとが》を負わされて品川の海に投げ込まれるくらいは覚悟していたほうがいい」

「小籐次、いい加減なことを言うな。津之國屋の罪咎とはなんだ」

「それは未だ分らぬ」

「ほれ、みろ。口から出任せではないか。若様の見付けてこられた仕事にいちゃもんを付けるでない」

「参造、吉次が戻ってくればいくらか事情が分ろう」

小籐次は参造の非難をあっさりと躱《かわ》した。

「小籐次、この仕事、われらの命がかかっておるのか」

保雅が念を押した。初めて自分たちの負わされた境遇に思いを致したという風《ふ》情《ぜい》だった。

「そう考えたほうがようござる。なにもしない人間にだれが一日数両なんて金を払うものか」

「小籐次、普通、殺す人間には銭など払わぬぞ」

市橋与之助が口を挟んだ。

「すると今夕手代が銭を持ってこぬときは、津之國屋の罪を負わされてわれらは殺されるか。おれはまだ死にたくはない」

光之丈が今にも泣きそうな顔で言った。

「光之丈、小籐次の口車に乗る馬鹿がどこにおる」

参造が抵抗した。

「いや、一日一分なんて条件がよすぎる。打毀しなんぞ来そうにないし、おれたちはなにかに利用されるんだ」

「ならば、今夕手代が姿を見せぬときは逃げ出すまでだ」

「秘密を知った人間を津之國屋が逃がすと思うか」

小籐次の反問に参造が口を噤《つぐ》んだ。

「小籐次、手代が来ぬとき、どうすればいい」

「若様、手代が金子を持参したときのほうがさらに危ない。われらを油断させ、このあばら家に繋《つな》ぎとめるためだからな」

「逃げもできず、われらはこのあばら家で死を待つか。おれは屋敷に戻りとうなった」

「若様、そりゃないぜ。おれなんぞ裏長屋で、押し掛けられたら抗《あらが》う家来など一人もおらぬからな。傘張り職人の親父ではどうにもならぬ」

　市橋与之助が泣きごとを言った。

「小籐次、なんぞ知恵はないか」

「若様、夕方までじいっと辛抱することだ。吉次がなんぞ探り出してくるのを待つ。さらに津之國屋の出方を見る」

「そなた、平然としておるな」

「騒いでも事態が変わるわけではないからな」

「なにか気を紛らわすことはないか」

「新八と加助が米味噌を買ってくる。参造、竈《かまど》の仕度をしておけ」

「小籐次、おれに命令するな。竈などどうやれば火がつくか触ったこともない。

厩番のおまえがやれ。似合いだ」

「おれは金子を出した。これから、味噌汁の具になるものをなんぞ畑から探してくる」

「参造、おれが手伝う」

与之助が参造の手助けを申し出た。

「ならばおれは薪《まき》を割る」

光之丈が言い、五人がそれぞれ役目に分れた。

小籐次は筵《むしろ》を一枚持つと、あばら家の敷地の南側に向った。そちらに大根畑があるのを見ていたからだ。すると後ろからばたばたと足音がして、保雅があとを追ってきた。

「小籐次、おれも手伝う」

「屋敷育ちの若様は畑なんぞ知るまい」

「そなたと同じ下屋敷育ちだぞ。品川外れは畑ばかりだが、どこになにがあるかくらい分る」

「それもそうだ」

小籐次と保雅は雑木林を抜けた。するとその南側に大根と葱《ねぎ》畑が広がっていた。

「若様、絹物では人目につく。この根元に座っててくれ。おれが盗んでくる」

「そうか、手伝いたいのだがな」

「痩せても枯れても六万石の大名家の三男坊には違いがない。その若様が大根を盗んだと知れでもしたら、松野藩の恥だからな」

「そうか、そうだな」

鷹揚《おうよう》に返答をした保雅がその場に座った。小籐次より一つだけだが年上だ。妾腹にしても育ちがいいせいか、幼く見える。

小籐次は手拭いを出すと頬被《ほおかぶ》りをして刀を抜き、保雅の傍らに残した。畑の左右を見回したが、百姓衆がいる気配はない。

小籐次はそれでも地べたを這ってまず大根畑に忍び寄り、大根を抜いた。葉は青々としていたが、大根はまだ細い。だが、三、四本抜けばなんとか味噌汁の具くらいにはなりそうだ。

「いささか細いが、致し方あるまい」

小籐次は大根を下げて葱畑に移動した。保雅が小籐次の大小を抱えて従ってきた。

「小籐次、だれにも言うなよ。おれの母上の家は大崎村の貧乏百姓でな。母が父上と深い仲になったゆえ、手切れ金が支払われた。その手切れ金で畑と屋敷を購《あがの》うたらしく、母とおれは一緒に、母の買い求めた実家を訪ねた。おれの下屋敷育ちは七つからでな、それ以前は母者の実家の納屋育ちよ」

「母御は未だ大崎村におられるので」

「いや、おれが五つのとき、どこぞの後添いに入られた」

「若様は母御の顔を覚えているのか」

「覚えている。無性に会いたくなることがある。だがな、探し当てたところで母者が迷惑するだけのこと、我慢している」

「若様、偉いな」

「偉いか」

「見直した」

「小籐次の母者はどうしておる」

「おれは母の顔を知らぬ。おれが物心つく前に死んだでな」

保雅がはっとした顔をした。

「気にするな。母がおらぬことには慣れている」

「自分のことばかりを考えておった」

と保雅が謝った。

小籐次は葱畑から五本ほど頂戴して保雅のもとに戻った。

「これで味噌汁の具はできた」

「小籐次、おれは母上に無性に会いたいときがある」

「若様、母御が嫁がれた先を承知じゃな」

保雅が顔を小籐次に向けた。

「どうして知っておる」

「おれの母者が生きてその立場ならば、必死で探す」

そうか、と保雅が言葉を切った。

「どうした」

「おれが母上に会いに行くとき、小籐次が従うてはくれぬか。一人で会いに行く勇気がない」

「承知した」

「なにっ、承知してくれるか」

「そのためにはこの危難を切り抜けねばならぬ。若様や参造が考えている以上に、この仕事は厄介じゃぞ」

「おまえ、なんぞ承知か。まさか、丹助と申すやくざ者と会ったのではあるまいな」

「致し方なく立ち合い、殺した」

「なにっ、殺したとな。骸の始末はしたか」

「それは心配ない」

「事情を話せ、小籐次」

「参造らに話さぬと誓うか」

「誓う。おれも武士の端くれぞ、約定は守る」

頷いた小籐次は昨夜の土蔵潜入を告げた。

「なんと、津之國屋は抜け荷に手を染め、娘らを異国に売り飛ばそうとしておるか」

「はっきりした証はない。だが土蔵の中の品はそのことを示している」

「どうする、小籐次」

「異人の船が入るまでどれほどの日にちがあるか。なんとのう数日は余裕があるような気がする」

「われらはそのとき、どうなる」

「そこが今一つ分らぬ。異国の船に騙《だま》されて乗せられるか、あるいは津之國屋の身代わりに殺されるか。ともかく吉次がなんぞ探り出してくるやもしれぬ。それを待つまでだ」

「そのようなのんびりしたことでよいのか」

「腹が減っては戦もできませぬよ。まずは、これで美味しい味噌汁を作って進ぜるでな」

年上の保雅に小籐次は優しく言いかけると刀を腰に戻し、筵に包んで葱と大根を抱え上げた。

あばら家に戻るとすでに新八と加助が戻って米を研いでいた。

「若様、小籐次、鰯《いわし》のいいのが浜に上がっていたぞ。そいつを菜に買ってきた。塩を振ったから焼き魚にしよう」

と笑いかけた。

竹笊に銀青色に輝く鰯があった。その数二十四ほどか。

「一人あて三匹は食えるぞ。小籐次、飯も存分にある」

新八が威張った。

「米五升と鰯と味噌なんぞで、一分と百五十文ばかりかかったわ。米が一升三百文に値上がりしておる」

と新八が裏長屋のおかみさんのようにぼやいた。

「味噌汁の具はほれ、これでどうだ」

小籐次が葱と大根を筵から出して見せた。

「大根はいささか細いが具にはなろう」

「十分じゃぞ。おれが洗う」

新八が小籐次から野菜を取り上げ、加助と一緒に泥を洗い落とす様子を見せた。

「おれも手伝おう」

「小籐次、おまえは金子を出した上に味噌汁の具まで調達してきた。洗い方はわれらが行う。貧乏育ちは食い意地が張っておるからな、食うとなると体が勝手に働きおるわ」

加助が笑った。

保雅を中心に過ごすことがなんとなく嬉しくてしようがないという顔を、新八も加助もしていた。

米を研ぎ、野菜を洗い、塩を振った鰯をそれぞれが抱えてあばら家の土間に入った。すると与之助が火吹き竹を吹いて竈に火を熾《おこ》していた。

参造は板の間に不貞寝《ふてね》をしていた。保雅の腹心格を小籐次に奪われておもしろくないのだ。

「小籐次、火はついた。釜をかせ。おれが飯を炊こう」

与之助が新八の手から釜を受け取った。

「与之助、飯を炊いたことがあるのか」

「新八、おれは貧乏浪人の倅だ。なんでもやらされるわ。もっとも、白米などこのところ食っておらぬで、炊き方を忘れたやも知れぬ」

「初めちょろちょろ中ぱっぱ赤子泣くとも蓋とるな」

「新八、その呪文はなんだ」

「若様、知らないのか。こいつは飯の炊き方のこつだ。最初は火を小さくしてな、中ほどは勢いよく炊き、最後は弱火にして決して蓋をとってはならぬという教えだ」

「ほう、そのような格言があるのか。屋敷の飯炊きに教えようか」

「飯炊きは本職ですよ。そのようなことは百も承知だよ、若様」

竈下の火を調整しながら与之助が笑った。

「さようか。飯炊きは存じておるか」

小籐次はあばら家の台所で見つけた包丁を、これも土間に転がっていた砥石《といし》で手早く研ぎ上げた。

「そなた、研ぎも致すか」

「親父は剣術の他に、なにがあっても食えるようにと、研ぎの技をおれに叩き込んだ。砥石さえ揃っていれば、若様の腰の刀くらい研ぐことができる」

「ほう、なかなかの芸達者じゃな」

「芸といえるかどうか、食うための手段だからな。もはや武士では食えまい」

「なに、武士では食えぬか」

「若様、信州松野藩の内所は知らぬ。だが、大大名からうちのような小名まで、年貢米をかたに商人に借金をし、首根っこをぎゅっと押さえられておる。商人が首を横に振るだけで、腹をかっ捌《さば》かねばならぬ用人、留守居役ばかりじゃぞ」

「うちもそうか」

「よしんば若様が六万石の殿様になっても、一生借金の悩みに付きまとわれるぜ」

と新八が笑った。

「それがしが兄者を押しのけて藩主になる気遣いはないが、世間とはそんなものか」

「津之國屋のような悪《わる》が一番銭を溜め込んでいるんだよ」

と新八が言ったとき、不貞寝していた参造が起き上がると、

「若様にあらぬことを吹き込むと承知しないぞ！」

と怒鳴った。

「参造、どうしたのじゃ」

保雅が参造を見た。

「こいつらに騙されているんだよ！」

と叫んだ参造は刀を摑むと板の間から土間に飛び降り、草履を突っかけると外に飛び出していった。

「参造はどうしたのだ」

「若様、案じることはない。小籐次を妬《ねた》んでいるだけですよ。そのうち戻ってくるって。腹を減らした上に行くところがないんだからね」

与之助が竈の前から言った。

小籐次は小さな騒ぎを横目に、葱と大根を研ぎ上げた包丁で切っていた。

二

吉次が七つ時分（午後四時頃）に戻ってきた。

「なにか分ったか」

市橋与之助が訊いた。

「吉次、腹は減ってないか」

と小籐次がそのことを案じた。

「小籐次、津之國屋のやっている曖昧《あいまい》宿の男衆と蕎麦《そば》屋に入って、相手に酒を五合ばかり飲ませたんだ。おれはそんときよ、蕎麦を食ったから大丈夫だ。だけど、小籐次から預かった銭をだいぶ使ったぜ。磯吉の野郎、二分ださないと喋らないと脅しやがんだ」

「足りたならそれでよい。話は聞けたか」

「若様、こいつはやばいぜ」

「どうやばいか話せ、吉次」

「津之國屋は数年前から琉球口で異国の品を買い、江戸で売り払って利を稼いできたそうな。ところが、一年前、大商いで買い求めた荷を積んだ船が、二隻とも嵐に巻き込まれて行方を絶った。でよ、何千両もの損を出したそうだ。津之國屋の金蔵は、その損を一気に取り戻すためにしびれ薬に手を染めたのだと」

「しびれ薬、なんのことだ」

保雅が吉次に尋ねた。

「しびれ薬はしびれ薬だよ」

吉次は磯吉の言葉どおりに繰り返した。

「若様、阿片《あへん》のことだ」

小籐次が答えた。

「阿片じゃと。阿片でなにを致すのか」

「唐人の国にはしびれ薬の館があってよ、高いお金でしびれ薬を吸わせるのだと。なんとも気持ちがいいそうだぜ」

吉次が磯吉の受け売りを告げた。

「阿片をいったん吸うと、止められなくなって直ぐにも吸いたくなる。一旦阿片中毒になると、その者はどんなことをしても金を融通して阿片を吸いに来るそうな。そして、遂には廃人になる」

「小籐次、詳しいな」

「うちの先祖は豊後の水軍くずれ。あの界隈では異国から抜け荷で流れ込んでくるそうな。下屋敷で竹細工の内職をしながら用人どのがあれこれと国許の話をするので、耳に残っておった」

「津之國屋は阿片窟《くつ》を作るつもりか」

「このあばら家を阿片窟にする考えのようだ」

「となると、われらの仕事は打毀しの連中の手からあばら家を守るのではなく、阿片窟の用心棒か」

寺侍の土肥光之丈が自問するように呟いた。

「さあっ、そこまではな」

吉次が首を捻《ひね》った。

「他になにか磯吉から聞き出したか」

加助が訊いた。

「あいつ、二分もふんだくった割にはあまり知らないんだ。そうだ、津之國屋は江戸近郊から娘を集めているらしいぞ」

「食売女に仕立てるつもりか」

市橋与之助が訊いた。

「勾引かしてきた娘を女郎にするのか」

「なにっ、娘を買うてきたのではないのか」

与之助が驚きの声を上げた。

「津之國屋は阿片の代金を娘の体で払っているのだ」

小籐次が応じた。

「小籐次、どうしてそのようなことを承知なのだ」

光之丈が尋ねた。

「裏手の蔵の中にそのような娘が集められておる」

小籐次が昨夜の冒険譚を語った。

「やっぱり、丹助って野郎を殺ったのは小籐次か」

「光之丈、成り行きで致し方なかったのだ」

「やばいぞ」

「だから、やばいと言ったろ」

与之助の言葉に吉次が応じた。

「逃げ出そう」

「与之助、逃げ出してもわれらの住まいは津之國屋に知られておる」

「どうするのです、若様」

与之助の当惑の言葉に保雅は小籐次を見た。

「なんぞ起こるまでに二、三日の余裕はありそうだ。それまでにわれらが肚を固めればよかろう」

「大勢の大人にわれら餓鬼が太刀打ちできるか、小籐次」

光之丈の言葉には泣きが入っていた。

「おい、町奉行所にこれこうですと訴え出たらどうだ」

「吉次、われら、痩せても枯れても大和小路若衆組だぞ。それに町奉行所に訴え出たところで、われらの言葉を信用してくれるか」

「悪さばかりやってきたからな」

保雅の言葉に加助が応じた。

「まあ、急いては事を仕損じると申すでな。ここは津之國屋が日当を持参するかどうか待とう」

小籐次が決断した。すると吉次が、

「やはり腹が減った。残り飯があるなら食わしてくれぬか」

と言い出し、不意になにかを思い出したように、

「あっ、そうだ。参造は使いに出ているのか」

と訊いた。

「あいつ、若様が小籐次を重用するので怒って飛び出していった」

与之助が答えた。

「参造め、津之國屋の門の前でうろうろしていたぜ」

「いつのことだ、吉次」

小籐次が訊いた。

「おれがここに戻ってくるときだよ」

「何用あって津之國屋の様子を窺っているのだ」

「若様、入ろうかどうか迷っている風情だったぜ」

小籐次が思案に落ちた。

「あいつ、われらを裏切る気かもしれぬ」

「なんと申した、小籐次」

「あいつも、この仕事がやばいと気付いた一人かもしれない。そこで己の保身に走ったとしたら」

「参造め、自分だけ助かろうという算段で津之國屋に駆け込もうと考えてやがるか」

筒井加助が呆《あき》れたという顔で訊いた。

「だが、あいつも人の子、迷って門前をうろうろしていたところを吉次に見られたとしたらどうだ。ただし推測にすぎぬ」

「小籐次の考えはあたっているぜ、若様。いよいよ、尻に火がついた。やばいぜ」

「逃げ出そう」

吉次が言った。

小籐次の目が二階の天井にいった。

「なにをする気だ、小籐次」

「この仕事の最初から考え直した」

「なにをだ」

と新八が訊く。

「われらの役目が未だ判然とせぬ。そこをはっきりさせねば、逃げても奴らが追いかけてこよう。狭い品川宿のことだからな。追っ手はわれらが一人ひとりになったときに次々に始末していくことも考えられる」

「小籐次、どうするよ」

新八の声が半分泣いていた。

「逃げても無駄なら、反撃の策を考えねばなるまい。津之國屋が若様を雇った理由だ。そいつを探らねばわれらも策の立てようがないわ」

「だから、どうするよ」

「逃げ出したと見せかけて、二階に隠れて様子を見よう」

「見付からないか」

「見付からないようにするんだ。まず慌てて逃げ出したように階下を繕《つくろ》う。鍋釜なんぞをひっくり返せ」

「飯は勿体ないので握り飯にして持っていく」

と吉次が言い出した。

「よし急げ」

七人で土間から板の間をひっくり返し、竹槍と急いで握った飯を持って二階に上がった。長年使われていないと見えて梯子段は段々が抜け、仲間同士で引っ張ったり押し上げたりして二階に上がった。そして、梯子段は二階に引っ張りあげて隠した。

長年藁葺《ぶ》き屋根の手入れがなされていないと見えて、屋根のあちらこちらで空が薄く見えるところもあった。そこから雨漏りがして、濡れた跡があった。だが、雨漏りは一部だ。一晩二晩我慢できないこともない。

小籐次は二階を見回した。

床全体に道具が散乱し、端のほうには夜具が積んであった。壊れた長持ち、茶箱なんぞが積み上げてあった。

「もし見付かったときを考え、逃げ道を作っておこう」

小籐次の提案で、雨漏りのした屋根の穴を広げ、二階にあった麻縄を梁に結んで、あばら家の横手の竹林に下りられる逃げ道を確保した。さらに階下を覗く穴をいくつか作った。

「これでよし」

と小籐次が言った。

夜具を重ねた上に小籐次らは寝そべって時を待った。

ゆるゆると時が流れていった。だが、参造は戻ってくる風もなく、日当を届けるはずの津之國屋の手代も姿を見せなかった。

「腹が減った。握り飯を食っていいか」

新八が泣きごとを言った。

「新八、辛抱せえ。戦を前にしての大事な兵糧《ひょうろう》になるやもしれぬでな」

「こうしておるのはいつまでだ」

「相手次第よ。命がかかっているのだ、新八。泣きごとを言うな」

小籐次は新八を諫《いさ》めながら、最前から保雅が黙りこくっていることが気になった。もはや互いの顔は見分けられなかった。

「若様、なんぞ懸念《けねん》が生じたか」

「皆を危ない目に遭わせたのはおれだ。すまぬ」

暗がりで保雅の声が響き、素直な謝罪の言葉が小籐次らの胸に沁みた。

「若様はわれらをこのような目に遭わせようと企てたわけではあるまい」

「加助、おれは、そのような邪《よこしま》な考えは指先ほどもないぞ。信じてくれ」

「信じているとも」

寺侍の土肥光之丈が応じた。

しばらく沈黙が続いた。

「おれにな、婿に入らないかという話が舞い込んでいる」

と言い出したのは光之丈だ。光之丈は小籐次らの中でも最年長の二十二歳だ。

「御家人か」

と市橋与之助がちょっぴり羨《うらや》ましそうな声で訊いた。

「当今、そのような口があると思うてか」

光之丈が反論し、言い添えた。

「雑司《ぞうし》ヶ谷《や》村に野鍛冶があってな、犂《すき》、鎌、鍬なんぞを造っておる。その家におれより二つ年上の出戻りがおってな。うちの檀家の一人が、おれに野鍛冶の跡を継がないかというのだ」

「女は美形か」

と筒井加助が訊いた。

「美形か醜女《しこめ》か、そんなことは知らぬ。われらにそのような選択の余地があると思うか、加助」

「なかろうな」

「寺ではおれに出ていってほしいのだ。住職は、二十二の寺侍などなんの役にも立たん、稚児《ちご》にしてはとっくの昔に薹《とう》が立ちすぎた、と言いやがった。この辺りで根性を入れ替えて野鍛冶に弟子入りしろと、これみよがしに追い出しにかかってやがる」

「それも一つの決心だな」

市橋与之助がどこか安心した口調で応じた。

「声をかけてくれる人があるうちが花かもしれん。これを逃すと先がない」

光之丈の告白にだれもが黙り込み、保雅が大きな吐息をついた。

「おれはこの仕事でなにがしか稼いで雑司ヶ谷村に行こうと考えておった。だが、世の中そう簡単には稼がせてはくれぬな」

沈黙の後、

「纏《まと》まった金子を得られると思ったのだ」

と保雅が言った。

「この中で一生食いっぱぐれがないのは若様だけだ」

「新八、そう羨ましそうに言わんでくれ。六万石の血筋とはいえ、妾腹がどのような扱いを受けるかおまえらは知るまい。下屋敷に兄上らが来られたときは、ゴミ扱いだ。まともに対面すら叶《かな》わぬ。生涯冷や飯食いが続くと思うとそれがし、ぞうっとする。光之丈の話を聞いて、羨ましく感じた。出戻りの嫁女どのの人柄次第では、穏やかな生涯を過ごせよう。光之丈、それがしはその道を勧める」

という保雅の声音は優しさに満ちていた。

また沈黙が一頻《ひとしき》り続いた。

湿気《しけ》った夜具に身を横たえていると、だんだんと温かくなってきた。蚊がぶんぶんと飛んできた。そいつを避けるために夜具の中に潜り込んだ。暑いが蚊の襲来よりよかった。

「小籐次、おまえ、どうする気だ」

「若様、おれは父親の跡を継ぐしか他に道はあるまい。厩番三両一人扶持、その半分は借上げの暮らしですよ」

「一両二分はつらいな、職人ですらその何倍も何十倍も稼ぐぞ」

と新八が言う。

「新八、野鍛冶の稼ぎはどうかな」

「光之丈、雑司ヶ谷村だぞ。鍬、鎌を銭であつらえるのは二人に一人、いや、三人に一人かもしれぬ」

「残りの者はなんで払う」

「大根、菜、芋、豆など、そのときの季節の収穫物が鍬の代金よ」

「それがこれからのおれの暮らしか」

「親方が死ねば、銭もいくらか光之丈の懐に入るかもしれないな。それまでひたすら我慢だ」

「つらい話だな」

「だが、生涯女と飯には困らぬ」

「年上の出戻りがおれに似合いか」

「光之丈、そのように考えるものではないぞ。おれなら二つ返事でその家の婿に入る。鍛冶には鍛冶の楽しみがあろう。野鍛冶の名人になれ、光之丈。さすれば別の道が開けるやもしれぬ」

小籐次が言い切った。

「小籐次は親父から研ぎを教わったのであったな」

「屋敷を出るようなことがあっても食い扶持には困らぬようにと、研ぎ仕事の手《て》解《ほど》きを受けた。鍛冶は奥が深い仕事じゃぞ」

しばらく沈黙していた光之丈が、

「よし」

と決断したように暗闇に呟き、

「小籐次、おれに研ぎを教えてくれぬか」

と願った。

「光之丈、いつでも屋敷に参れ。おれが親父から習った技をすべて教える」

と小籐次が答えたとき、表に人の声がしてばたばたという足音が響いた。

「来やがったぜ」

「新八、これからは声も音も立ててはならぬ」

と小籐次の険しい声がした。

「野郎ども、どこに行きやがった」

という怒声がして、

「灯りをつけろ」

という兄貴分らしい声が響き、階下から火打ち石を打つ音がしたかと思うと、
ぼうっ
とした灯りが点り、覗き穴を覗く小籐次らの目に血相を変えた津之國屋の面々が映じた。

「逃げやがったか」

「感づいたとも思えねえが」

「いや、怖気《おじけ》づいて逃げやがった」

「どうする、兄貴」

と三下奴《さんしたやっこ》が兄貴分に問うた。

「参造の野郎を連れてこい」

兄貴分が命じ、小籐次の隣で保雅が小さな声を上げた。小籐次が保雅の腕を摑んで、

「若様、なにが起ころうと声にしてはならぬ」

と小声で注意した。

三

小籐次らの目に参造の姿が見えた。

「てめえ、おれたちに嘘八百を並べやがったな」

「五郎吉、そんなことをおれがすると思うてか。若様方は品川宿辺りに冷やかしに出かけたんだよ」

「鍋釜、蹴散らかして食売の冷やかしだと。ふざけるんじゃねえ」

五郎吉と呼ばれた男がいきなり参造を蹴り倒した。

「武士に向ってなにをするのだ」

「武士だと。品川村の腹っぺらしがなにをぬかしやがる。てめえが軽々しく動くから、野郎どもが勘づきやがったんだよ。この落とし前、どうつける気だ。それとも簀《す》巻《ま》きにして品川の海に放り込んでやろうか」

「ご、五郎吉さん、それだけは勘弁してくれ。若様方が逃げたとしても、帰る先は分っているんだ。今晩じゅうにあいつらを呼び戻す」

「そんな芸当がおめえにできるのか」

「できる。これでそれがしは大和小路若衆組の頭の腹心だからな」

「よし、おめえに一晩、時を貸す。明日の明け六つまでに七人の雁首を揃えなきゃ、明日にもおめえの骸は品川沖の海の底だ。分ったか」

「はっ、はい。畏《かしこ》まった。これから松平の若様の下屋敷に駆け付ける」

「参造、腰の刀を抜け」

「えっ、それがし、腐っても武士の端くれにござれば、それだけは勘弁を願いたい」

「なにが武士の端くれだ。てめえの腕なんぞとっくに承知だ。抜かないと簀巻きにするぞ」

五郎吉に脅された参造が腰の大小を抜いた。

「それがし、それがなければ父上に折檻を受けるでな。あとで返して下されよ」

「おまえが首尾よく馬鹿若様を誘い出した暁《あかつき》にはな」

「誘い出せなかったときには返してくれぬので」

「海の底で魚の餌になる野郎に、刀なんぞいるめえ」

と吐き捨てた五郎吉が、

「辰、こいつを信用しちゃならねえ。事と次第でどちらにもくっつく野郎だ。ぴたり張り付いてろ」

と五郎吉が弟分に命じた。

「五郎吉さん、それがし、旗色がいいほうにつくような真似は決してせぬ。それがしは最初から津之國屋側にござる」

「おまえの口ほど当てにならねえものはねえよ。辰、絶対にこいつから目を離すな。いいか、明け方までに七人を集めてきやがれ」

「合点だ」

参造を引き立てるようにして弟分一統が消えた。

土間に残ったのは五郎吉一人だ。

小籐次は、この男の左頬に匕首で抉《えぐ》られたような傷痕があるのを見ていた。

五郎吉は参造の刀の下げ緒を解くと大小をひと括りにして、土間の囲炉裏《いろり》の自在鉤《かぎ》に吊るした。そして、辺りをもう一度見回して表にひっそりと出ていった。

「驚いたぜ。参造の野郎、最初からおれたちを津之國屋に売り渡すつもりだったのか」

と新八が呟いた。

「若様、この話、参造が持ってきた話なのか」

と小籐次が問い直した。

「すまぬ。そうなのだ」

保雅があっさりと認めた。

「参造は津之國屋の回し者なのか。最初からおれたちの命を津之國屋に売り渡していたのか」

光之丈が呟いた。

「どうやらそのようだ。とすると、われらのだれが狙いなのだ、津之國屋は」

「どういうことか、小籐次」

「若様。われら、品川宿のちんぴらの命七つのうち、狙いは一つだ」

「七人のうちの一人を狙って、かような道具立てを設《しつら》えたと申すか」

「と思いませんか。むろん、打毀しなんぞの用心棒ではない」

「若様か」

と加助が呟いた。

「瘦せても枯れても六万石の血筋は若様だけだ。残りは、おれを含めて若様の死を糊塗《こと》するために殺す算段だろう」

「そんな」

と新八が言い、

「おれ、抜けるぜ」

と弱気の言葉を吐いた。

「ばらばらになればなるほど、津之國屋の面々はわれらを始末しやすい。新八、どんなことがあっても七人は最後までともに行動する」

「小籐次」

と傍らの保雅が泣きそうな顔で言い、

「おれが、なぜ狙われねばならぬ」

「それは、これからの登場人物が教えてくれるかもしれませんぞ」

表に人の気配がしたことを小籐次が告げた。

「手代さん、あの面々が消えたですと」

と言う野太い声がして、でっぷりと太った体に羽織をだらしなく着た、旦那然とした男が言った。

小籐次らからは、その男の顔は隠れて首から下だけが見えていた。

「ちんぴらどもと思い、つい、油断しました」

「昨晩も丹助の姿が忽然と消えている。一味に手練《てだ》れがいるそうじゃないか」

「貧乏大名森藩の下屋敷の厩番の倅が、なかなかの遣い手でして」

と手代の声がした。

「そやつ、うちに雇えませんか」

「こやつ、金で転びそうにないんで」

「参造なんてクズを引き入れたのが間違いです。最初からその男を誘えば、このようなことにはならなかった」

「大旦那様、ただ今手配をしておりますので、直ぐに七人を連れ戻します」

手代の声がおろおろと答えた。

「船は明日の晩に着きます。もはや余裕はありませんぞ。明晩には娘らを船に乗せて、すべて若衆組のせいにするのです。手代さん、やくざ者をすべて集めて、妾腹の保雅を連れてきなされ。余裕は三刻とありませんぞ」

と津之國屋の大旦那金蔵が命じ、

「畏まりました」

と手代が表に飛び出していった。そして、大旦那の津之國屋金蔵の垂れた頬が見えて、その傍らに羽織袴の武士が従っていた。

「慈妙寺《じみょうじ》様、いささか甘く見たようでございます。されどこの品川宿のこと、最後にはきちんと始末をつけますでな」

慈妙寺の名が津之國屋の口から洩れ出たとき、保雅の体がぴくんと動いた。

「妾腹などどうとでもなると言うたな、津之國屋」

「申しました。いささか手間取ってはおりますが、最後の仕掛けをごろうじろでございますよ」

と応じた金蔵が、

「慈妙寺様、松平光芳様の具合、いかがにございますな」

「医師はあと数日保てばよいと言うておる」

「となれば、次男の光忠様が跡継ぎになるのは間違いなし」

「ところが、光忠様はいささかお頭《つむ》が弱いでな。妾腹の保雅を改名して光継となし、光年様の跡継ぎにと考える家臣どもがいる。ここは光忠様のために、光芳様と保雅を一気に始末しておかぬとな、安心できぬ」

「光忠様がお継ぎになれば、ご用人様の力がますます強くなる。六万石はご用人様の好き放題にございましょう」

「津之國屋、すべては始末をつけた後のこと。よいな、慎重に事を運んでくれよ」

「明晩にはすべて事が収まっておりますよ。松平光年様の三男坊は、品川宿で争いに巻き込まれて命を落とすことになります」

「頼んだぞ」

「その代わり、津之國屋の船を松野藩のお借上げ船にして下さいましな。そうなれば、おおっぴらに抜け荷商売ができますでな」

「言わずもがなのことを申すな、津之國屋」

二人は含み笑いして表に姿を消した。

土間の行灯は点したままだ。

二階の夜具に潜り込んでいた七人は身動き一つしなかった。

「松平家の用人が津之國屋とつるんでやがったか」

「兄上光芳様に薬を盛り、おれを始末すれば、お頭の弱い兄上光忠様の天下と、慈妙寺助三郎は考えおったか」

保雅が茫然《ぼうぜん》と呟いた。

「若様の名前が変わることも、家中では決まっているらしいぞ」

と与之助が言った。

「それがしは松野藩のなんだ」

「考えようによれば、若様が松野藩の殿様になる可能性が出てきたということではないか」

光之丈が言い出した。

「そのようなことが簡単にできるものか」

新八が言った。

「嫡男が死んだ後、幕府の大目付に、真相はかくかくしかじかにございますと訴状を出すんだよ。すると次男はお頭が弱いことは分っているし、用人が長男を暗殺したとなれば、いくらなんでも次男が殿様になることはあるまい。すると残るは若様一人だぜ」

と吉次が言い出した。

「吉次、おれたち始末されるんだぜ」

新八が反論した。

「だからよ、なんとしてもこの危機を切り抜けるんだ。さすれば若様が六万石を継ぐのは確かなものになってくらあ。おれたちは若様の友達《だち》だからよ、仕事くらい貰えねえか」

吉次が能天気に言った。

「おれは嫌だ。兄上の死を見逃し、殿様になるなんぞ、まっぴらご免だ。おれはおれで生きていきたい」

保雅が小籐次に顔を向けた。階下から洩れてくる行灯の灯りで保雅の顔がおぼろに浮かんだ。

「なんぞ知恵はないか、小籐次」

「これでやつらの真の狙いが分った」

「若様の命だな、小籐次」

「そういうことだ、新八」

「どうするよ、小籐次」

加助が小籐次に訊いた。

「少し考えさせよ」

「一晩しかないぞ」

分っている、と応じた小籐次が、仲間の六人を覗き穴の周りに集めた。

「ここに集《つど》う七人は、なにがあっても仲間を裏切らぬと誓えるか」

「誓えるぞ、小籐次」

保雅が即答した。

よし、と小籐次が手を出した。六人の仲間が小籐次の手に重ねるように手を乗せた。

「なにが起ころうと、この七人は一蓮托生《いちれんたくしょう》、生きるも死ぬも最後まで一緒だ」

「相分った」

保雅が皆を代表して答え、残りの五人が頷いた。

「小籐次、なにを為すべきか」

「兄上の光芳様に薬を盛っておる鼠がいる。まず光芳様を助ける手立てを考えねばならぬ。光芳様の周りに信頼できる者はおられぬか」

はて、と保雅が考え込んだ。

「殿様は国表の松野城下か、それとも江戸屋敷か」

「六月に参府なされたゆえ江戸におられる」

「殿様はどのようなお方か」

「父上には二、三度しかお目にかかったことはない。だがな、幕府の奏者番《そうじゃばん》を勤められるほどの聡明なお方じゃ」

「若様が誠心誠意書状を認《したた》めれば、聞き届け下さるであろうか」

「慈妙寺助三郎を見ておるしな。おれの言葉を信じて頂けると思うがな」

保雅の返答には一抹の不安が残っていた。

「上屋敷はどこにある」

「呉服橋内、南町奉行所の近くだ。父上にお目見得《めみえ》するのに一度だけ訪ねたことがある」

「よし、おれとともにこのあばら家を抜けよう」

「えっ、おれたちを残していくのか」

新八が怯えた声を上げた。

「ここが我慢のしどころだ。絶対に動かなければ見つからぬ。よいな」

小籐次の言葉に与之助が、よし、と答えた。

「なにが階下で起こるか、よく見ておればよい。おれと若様は明け方までに必ずや戻ってくる」

と約束した小籐次は保雅を連れて、藁葺きの破れた穴から屋根に出ると、麻縄に身を託してあばら家の横手に下りた。


小籐次は若様を北品川宿の了真寺《りょうしんじ》に連れていった。了真寺は小さな寺で、裏が竹林になっていた。豊後森藩久留島家下屋敷では、内職の竹細工の竹を了真寺背後の竹林に切りに行くので、了真寺とは懇意だった。下総《しもうさ》の寺の住持が時折やってくるだけで、普段は納所《なっしょ》坊主と小僧が留守番をしていた。

この本堂の扉は錠がおりていなくて忍び込めた。忍び込んだところで盗むようなものはなにもない貧乏寺だ。納所坊主は酒好きで、大体品川の安酒場で明け方まで飲んでおり、昼間はだらしなく寝ていた。小僧もとっくに寝込んでいた。

本堂に入り込んだ小籐次は、火打ち石で行灯に灯りを点した。文机《ふづくえ》といえば恰好《かっこう》もつくが、がたぴしの小机に硯箱《すずりばこ》があり、巻紙もあった。

「若様、なんとしても殿様の力を借りねば兄上は助からぬ。だれか殿様のご側近はおられぬか」

保雅が即答した。

「道々考えてきた。父上の側年寄であった御嶽五郎右衛門《みたけごろうえもん》かのう、ただ今は隠居の身で新堀川沿いの白金村に庵《いおり》を構えている。父上が庵を訪ねられた折におれも呼ばれたことを思い出した」

「信頼がおけますな」

「父上の相談役を今も勤めているほどだ」

「ならば御嶽様に殿様宛ての書状を託そう」

文面を考えているのか保雅が小机の前で沈思した。小籐次は硯箱を開いて硯に水を注ぎ、墨を磨《す》った。

よし、と頷いた保雅がさらさらと筆を運び始めた。なかなかの達筆で、筆の運びも速かった。保雅は松平家の中で妾腹と蔑《さげす》まれてはいるが、本来頭脳明晰な若様かもしれぬなと、小籐次は考えを改めた。

四半刻後、保雅は父の光年に宛てた文を書き上げた。

小籐次は火の始末をして、硯箱を元に戻すと、保雅を連れて了真寺の本堂を抜けて表に出た。新堀川は半里ほど東に向ったところだ。

小籐次らにとって遊び場所と言っていいところで、保雅は迷うことなく萱葺《かやぶ》きの小さな庵に連れていった。おかめ笹の垣根があるにはあったが、どこからでも跨いで入り込めた。

二人が垣根を越えると小さな畑が月明かりに見えた。

「おや、灯りが点っているぞ」

保雅が驚きの声を発して身を竦ませた。

「どうなされた」

「五郎右衛門は長年御番衆を束ねてきた者でな、家中で雷と呼ばれるほどの強面《こわもて》だ。家臣など御嶽五郎右衛門と聞いただけで、震えがくるほどの人物だぞ。書状を投げ込んで帰らぬか」

「若様、余裕がござらぬ。起きておられるのは勿怪《もっけ》の幸い。お会いしてお願いなされませ」

「会わねばならぬか」

「それが一番よい方法にござる」

小籐次が先に立ち、庵に向って畑を進んだ。すると枝折戸《しおりど》があり、小さな庭に続いていた。

「何奴《なにやつ》か」

としわがれ声が誰何して、保雅が体を硬直させた。

「さあ、早く名乗りなされ」

と小籐次に促された保雅が、

「松平保雅じゃ」

と応答した。

「なんと、下屋敷の若君ですと」

障子が開いて刀を提げた老人が敷居に立った。

「かような刻限、何用にございますな」

「火急の要ありて父上に宛てた書状を持参した。五郎右衛門、届けてくれぬか」

着流しの五郎右衛門は沈思したまま深夜の訪問者を睨み付けていたが、

「お上がり下され。話を承ろう」

と言った。

四

松平光年に宛てた書状を手にしたまま保雅の話を聞き終えた御嶽五郎右衛門が、

ううーんと呻いた。

「なんという愚かなことを」

「五郎右衛門、すまぬ。つい大人の真似をしとうて悪ぶってみた」

五郎右衛門がふむと保雅を見て、

「保雅様のことを申したわけではございませぬ。慈妙寺助三郎のことを申したまで」

と答えた五郎右衛門が小籐次を見た。

「そのほう、いくつに相なる」

「十八にございます」

「豊後森藩久留島様のご家中じゃと」

と保雅が小籐次の紹介の折の言葉を思い出したか、念を押した。

「下屋敷の厩番の倅にございます」

「ようも保雅様をそれがしのもとに連れてきてくれたな。礼を申す」

「御嶽様、若様の言葉を信用なされますので」

「そなたら、虚言を弄《ろう》しに参ったか」

「いえ、若様が言われたことに一言半句間違いはございません。初対面のそれがしに信頼のないは当然のこと。それがし金打《きんちょう》しても保雅様の言に間違いございませぬ」

「金打とは、古めかしいことを承知よのう」

五郎右衛門が苦笑した。

武士が互いの言辞を違えぬという証拠に両刀の刃や鍔《つば》を打ち合わせることをいうが、武士の時代はすでに廃《すた》れ、商人の時代に入っていた。だから、昨今の武士に金打などという考えはない。

「保雅様の話で得心がいったこともある。なぜご壮健であられた光芳様のご体調が突然優れぬようになったかと案じておったところだ。この話にはお医師が一枚嚙んでおらねばならぬ。岩槻《いわつき》玄堂め、思い知らせてくれる」

と五郎右衛門が自らに言い聞かせるように呟いた。どうやら心当たりがありそうな気配だ。

「五郎右衛門、父上と会《お》うてくれるか」

「明朝、別のお医師を伴い、呉服橋内の屋敷を訪ね申す。まずは殿にご面会し、保雅様の書状を差し上げ、火急に対策を練り申す」

「兄上の体が案じられる」

「第一に考えるはそのことにございます」

と御嶽五郎右衛門が言い切り、

「二番目には、品川宿を牛耳る津之國屋なる商人に命を狙われている保雅様のお身じゃが、赤目小籐次、どうするな」

と訊いた。

「保雅様のお命、それがしの命に替えてもお守り致します。また津之國屋一味が江戸近郊より勾引かしてきた娘らを、なんとしても異人の船には乗せませぬ」

「話の具合では、保雅様、頼りになるのはこの御仁《ごじん》だけにございますかな」

と保雅に訊いた。

「五郎右衛門、小籐次は若いが肝が据わっている。それに来島水軍流の腕前、凄みがあるぞ」

ふっふっふ
と五郎右衛門が笑った。

「保雅様、それがしに同道して殿に対面なされますな」

「五郎右衛門、妾腹は妾腹の分があろう。それがしが上屋敷に姿を見せれば、妾腹が小賢《こざか》しい策を弄しおってと、慈妙寺一派に加担する家臣も出よう。それでは五郎右衛門の立場もあるまい。また松野藩の内紛の因となろう」

「保雅様が言われるとおりかもしれませぬな」

と目を細めて保雅を見た。

「五郎右衛門、それがしには大和小路若衆組の頭としての勤めもあるでな。津之國屋のあばら家に小籐次とともに戻る」

「保雅様、そろそろ二十歳を迎えられます。勝手気儘《きまま》な暮らしも終りになされませぬか」

「さすればなんぞあるか」

「此度のことが首尾よく解決致しました暁には、殿に願い、しかるべきところに婿入りをして頂きましょう」

「小糠《こぬか》三合あれば入り婿はよせ、と巷《ちまた》では申すぞ」

「保雅様、ようご存じで。入り婿もピンきりにございましてな。この五郎右衛門が、保雅様にふさわしい嫁女と屋敷を見つけますでな」

「放埒《ほうらつ》な暮らしは止めよと申すか」

「いかにもさよう。約束できますかな」

ちらりと保雅が小籐次を見た。

「御嶽様が言われるとおり、品川宿の腹っぺらし組は解散の時を迎えたようです。われらと一緒の好き放題な暮らし、若様の心持ち次第で後々役にも立ち、害にもなりましょう。若様なればきっとよきほうに生かされるかと存じます」

ふっふっふ

と満足げに五郎右衛門が笑い、小籐次と保雅を見た。

最後に小籐次が懐から阿片の入った布袋を出し、

「津之國屋が抜け荷をしておる証にございます」

と五郎右衛門に差し出した。

小籐次と保雅が津之國屋のあばら家の二階に戻ったのは夜明け前だ。

「遅いぞ。若様、小籐次」

と新八が文句を言った。

「なんぞあったか」

「小籐次、娘が新たに五、六人蔵の中に連れ込まれた。今宵、品川の浜から船に乗せられるぞ。どうするな」

「腹が減っては戦もできまい」

「残っていた握り飯は食うてしもうた」

「そんなことではないかと思うたわ」

小籐次は背に負うてきた風呂敷包みを下ろした。

小籐次と保雅が御嶽の庵を引き上げようとすると、五郎右衛門が老妻と小女《こおんな》を起こし、飯を炊かせた。そして、握り飯をいくつもいくつも作って菜を添えて持たせてくれたのだ。

「ほれ、見よ」

と小籐次が竹皮包みを新八らに渡した。

「おっ、まだ温かいぞ。うーむ、きゃら蕗《ぶき》の佃煮に沢庵《たくあん》まで添えてあるわ。こりゃ、美味しそうじゃ」

新八がにっこりと笑った。

吉次はすでに握り飯にかぶりついていた。

「それがしも貧乏徳利を持たされた」

と保雅が風呂敷に包んだものを解いて出した。

「おっ、酒か」

と光之丈がにんまりした。

「いや、茶だ。われらにはやるべきことがあるでな」

「娘を助けることだな」

加助が竹皮包みを解く小籐次を見た。

「夕刻までは間がある。飯を食ったら寝る。交替で番を致すぞ。全員大鼾《おおいびき》で寝込んでは、潜んでいることを触れ回っているようなものだからな。用心が肝要よ」

と小籐次が答えるのへ、

「そうだ、参造の野郎がひでえ折檻をされたぞ」

と言い出したのは与之助だ。

「われらが屋敷や長屋に戻っておらぬゆえか」

「そういうことだ。参造め、津之國屋に鞍替《くらが》えしたが、あちらでも信用はされておらぬわ。われらに別の塒《ねぐら》があるはずだ、答えよ、と殴られ蹴られの折檻を受けた」

「あいつ、ひいひい泣いておったな」

と握り飯を食いながら、口々に言った。

「自ら天に唾《つば》した罰があたったのよ」

小籐次が言い切り、握り飯を食し始めた。薄塩で握った飯はなんとも美味だった。握り飯を二つ食し終えた小籐次は、貧乏徳利の茶を喫して飯を終えた。

「若様とおれがまず寝る。おまえら、音を立てぬように見張りをしてくれぬか。異変があれば起こしてくれ」

光之丈らに言うと夜具の上にごろりと横になった。その直後、小籐次は寝息を立てて眠りに落ちた。


「小籐次、起きよ。だれか来る」

新八に揺り起こされて小籐次は目を覚ました。額にうっすらと汗を掻いて熟睡したせいで、心身が爽やかだった。

「そなた、かような状況でよう寝るな」

保雅が驚きの言葉を発した。

「寝る子は育つと申しますが、それがしには当てはまりませぬ」

小籐次は一つ欠伸をすると、藁葺き屋根の穴から空を見た。

濁《にご》った血のような夕焼けが広がっていた。

時刻は暮れ六つ前後か。

小籐次が覗き穴に目をつけると、囲炉裏の自在鉤に田淵参造の大小が結びつけられているのが物哀しく見えた。

開けっぱなしの戸口から人の気配がして若い武芸者が入ってきた。垢染《あかじ》みた単衣に野袴を着け、四角い鍔が嵌《は》められた朱塗りの大小を腰間に差し落としていた。がっちりとした腰と足は十分に修行の跡を見せていた。だが、顔は見えなかった。

「三郎助様、あやつらめ、一晩でなにに怯えたか逃げ出しましたので。妾腹の三男坊だけでも急ぎ、捕まえて始末したいのですがな。ただ今手配りをしておりますで、暫時お待ち下さい」

津之國屋の手代が揉み手をしながら言った。

豪柔一刀流の三兄弟の末弟、佐久間三郎助だろうか。

「まさかとは思いますが、娘らを今宵船に乗せるまで安心はできないと、大旦那様が案じておられるのでございますよ。三郎助様にはいささか格違いの仕事にございましょうが、これも津之國屋の大事な稼ぎ仕事と思し召して、内蔵の見張り方、願います。なあに今晩一晩だけにございますし、娘十六人の扱いは表の連中がやります。三郎助様は若衆組が万が一、戻ってきたときの用心のためにございますでな。食売に飽きたのならば、娘の一人二人味見をしてもようございますよ。なあに唐人に売り渡す娘らだ、おぼこかどうかなんて奴らに分りはしませんでな」

　手代が三郎助の機嫌をとるように言った。

　そのとき、佐久間三郎助の体がすうっと動いて押し殺した気合いを発すると、四角い鍔がちんと鳴って大刀が引き抜かれ、自在鉤に吊るされた参造の大小が鞘の上から両断されたようで、鐺《こじり》から一尺余のところが斬れ飛んで土間に転がった。

　腰が入った圧倒的な力と業前《わざまえ》だった。

　小籐次の傍らの保雅がごくりと唾を呑み込んだ。

　そのとき、三郎助が梁を見上げた。頬が削《そ》げた貌《かお》は殺伐と荒《すさ》んでいた。年の頃は小籐次より四、五歳上か。いや、荒んだ暮らしが年上に見せているだけで、意外と若いのかもしれないと小籐次は思い直した。

　重《かさね》のある刀身を鞘に戻した三郎助が、小籐次の視界から姿を消そうとした。そのとき、小籐次は三郎助の左足が不自由なことを知った。ために三郎助は歩くたびに左肩がわずかに沈んでいた。

（強敵じゃ）

　と小籐次は覚悟した。

「治助さん方、佐久間様を退屈させないよう蔵の見張りを頼みますよ。迎えには九つ（午前零時）過ぎに参りますでな。それまで六人で蔵を守って下されよ」

表に待つ用心棒に願った手代も小籐次らの視界から消えた。

しばらく二階のだれもが口を利かなかった。

「えらい相手が出てきやがったぞ」

「末弟があれでは、長兄や次男の腕前はどれほどのものか」

光之丈と与之助が言い合った。

「いくら小籐次が来島水軍流の遣い手とは申せ、相手は三人だぞ。苦しいな」

と筒井加助も言った。

「どうする、小籐次」

「新八、吉次。おまえらは屋根の上から蔵の動きを見張れ。決して気付かれるのではないぞ」

分ったと新八と吉次が屋根に開いた穴から藁葺き屋根に出ていった。

「われら五人、腰に刀を差している以上曲がりなりにも武士の端くれ。蔵の娘たちを助け出し、津之國屋の悪巧《わるだく》みを潰す。それが若様の命を守る途《みち》でもあるのだからな」

「われら七人で、津之國屋に立ち向おうというのか」

「ひょっとしたら松野藩松平家が動くことも考えられる。さすればわれらの出番はない。だが、その前になんとしても娘を助け出さねばなるまい。こいつはわれら七人の仕事だ」

「参造の大小を斬り割ったあいつがいるぞ」

加助が言った。

「あの者はおれが斃す」

小籐次が明言した。

一刻の時が流れ、藁葺き屋根に人の気配がして吉次が戻ってきた。

「小籐次、蔵の前に見張りが二人立っている。そやつらが酒を飲み始めた。もう一つの蔵はひっそりとしている」

「娘らは地下蔵に押し込められておるゆえ、物音はするまい。佐久間三郎助はどこにいる」

「姿は見かけぬ。治助って野郎と一緒に地下蔵で娘をいたぶってるんじゃないか」

吉次がいささか羨ましそうな顔で答えた。

「よし、おれがまず見張りを二人片付ける」

「われらはどうするな」

「二階から出るときが来たようだ。竹槍を持って下りろ」

と小籐次が命じ、まず覗き穴で階下の様子を確かめた。行灯の灯りは点されていたが、灯心が短くなって黒い煙が上がっていた。だが、人の気配はない。

「吉次、屋根に残った新八にこう伝えてくれ」

と小籐次は吉次に耳打ちした。

「分った」

「事が済んだら新八も屋根から下りてこいと言ってくれ」

引き上げられていた梯子段が下げられ、まず小籐次が階下に下りた。

小籐次は佐久間三郎助が両断した田淵参造の大小を見た。鞘ごと二本の刀身を斬り割るなど尋常な技と力ではない。鮮やかな斬り口だった。

「小籐次、あやつに勝つ自信はあるか」

梯子段を下りてきた保雅が問うた。

「若様、ございませぬ。じゃが、斃さねばわれらは死ぬことになり申す」

「死ぬのは嫌じゃ」

吉次が言った。

「人間、簡単に死ねぬものじゃ」

と答えた小籐次は斬り飛ばされた参造の小刀の切っ先を拾った。斬り離された鞘から抜け落ちた切っ先は、六寸余りだ。その辺に落ちていた古裂《ふるぎれ》に包み、懐に入れた。さらに土間にあった鍬から柄を外し、柄を振ってみた。ちょうど定寸の木刀と同じ長さ、太さだった。

「それがしが出た後、間をおいて蔵においで下され」

と保雅に言い残すと、小籐次はあばら家を出て、一人蔵に向った。間をおけと言われたにも拘《かかわ》らず、保雅らはその後ろに従ってきた。

二棟の奥の蔵に灯りが見えて、二人のやくざ者が酒を飲んでいた。蚊遣りが焚かれて煙がもうもうとしていた。そのせいで小籐次らが歩み寄るのに気付く風はない。

藁葺き屋根の新八が気付いたとみえて、

「ほうほう」

と梟《ふくろう》ともなんともつかぬ鳥の鳴き声を上げた。小籐次が命じたとおりに新八が動いたせいで、見張りの二人が立ち上がって屋根を見上げた。

「おい、中蔵、屋根に人がいるぞ」

「だれだ」

「逃げた連中の一人ではないか」

と言い合う間に小籐次が一気に間合いを詰めた。

「あやつら、二階に隠れていたんじゃないか。治助兄いに知らせよ」

一人がもう一人に命じた。そのとき、小籐次の姿に気付いた。

小籐次が突進しながら脇構えの鍬の柄を翻したのはその瞬間だ。

ばしり、ごつん
という打撃音がして、脇腹と肩口を強打された二人が崩れ落ちた。

小籐次は屋根にいる新八に下りてこいと、手を振って命じた。頷いた新八がすでに麻縄を用意していたらしく、するすると下りてきた。

「新八、その縄でこやつらを縛っておけ」

「合点だ」

小籐次があっさりと二人を片付けたのを見た新八には余裕の表情があった。

「小籐次、蔵の奥でも三人が酒を飲んでいるぞ」

と保雅が蔵の戸の隙間から中を覗いて言った。

「誘い出せるとよいのだが」

小籐次が呟くと、保雅がいきなりぐいっと蔵の戸を押し開いた。そして、

「そなたら、そこでなにをしておる」

信州松野藩六万石の三男坊の鷹揚さで問いかけた。妾腹とはいえ六万石の三番目の世継ぎには違いない。体から鷹揚さと気品がそこはかとなく滲み出ていた。

「あやつ、こんなところにいやがったぞ」

酒を飲んでいた三人が不用意に蔵の中を走ると、保雅を捕まえようとした。すると保雅は身を翻して逃げた。

「待ちやがれ」

飛び出してきた三人を小籐次が鍬の柄で厳しく打ち伏せ、倒した。

「これで五人か。小籐次にかかるとやくざなど形なしじゃのう」

保雅が満足げに言った。

五

「地下蔵に、ほんとうに娘が十六人も閉じ込められているのか」

保雅が外から一ノ蔵の漆喰壁に耳をつけて小籐次に訊いた。

「仕掛けは分りませんが、二ノ蔵から通じる隠し階段があり、一ノ蔵の地下蔵に行けるものと思われます。気配は感じられませんか」

「物音ひとつしないぞ。忍び込んでみぬか」

保雅が大胆なことを提案した。

「仕掛けが分らぬ以上、あれこれ触って佐久間三郎助に気付かれるのは、なんとも愚かしゅうござる。娘らが引き出されるときが勝負かと存じます」

「九つじゃな。最前四つ（午後十時）が鳴ったゆえ、あと一刻ほどか」

増上寺の時鐘を聞いた保雅が呟いたとき、長屋門に見張りに立たせていた吉次が走って戻ってきた。

「新手の助っ人が来やがった」

「何人か、吉次」

「七、八人はいるぜ。剣術家も二人ほど混じっていらあ」

「佐久間の長兄と次兄か」

「いや、それほどの凄みはない」

と竹槍を持った吉次が武者振るいをした。

「若様、なんとしてもこやつらを叩きのめしておかねばなりません。五人がすでにわれらの手に落ちていることを悟られますからな」

「どう致せばよい」

「此度ばかりは、われら七人が相助けねばなるまい。ともかく蔵に近付けてはならぬ」

と言って小籐次が駆け出した。すると保雅や竹槍を手にした光之丈らも続いた。

長屋門の前で小競り合いが起きていた。新八が見付かったのか、輪の中に倒れた新八に、何人かが殴る、蹴るの暴行を働いていた。

疾風のように腰を沈めた小籐次が乱暴を働く三人に背後から襲いかかり、鍬の柄で叩きのめした。

一瞬の早業に三人がばたりばたりと気を失って倒れた。

「何奴か」

「厩番の倅だぞ」

と言い合う声がして、浪人剣術家二人が小籐次の前に立ち塞《ふさ》がった。

小籐次の動きは迅速を極めた。そろりと刀を抜く相手に攻め入る隙を与えず、踏み込みざまに、鍬の柄を右に左に振った。

がつん

という鈍い打撃音とともに二人が倒れた。

「小籐次ばかりを働かすでないぞ」

保雅が激励し、土肥光之丈、筒井加助、市橋与之助が津之國屋の雇われ用心棒らに突きかかり、叩き伏せた。

武術の心得のない者同士が立ち合うとき、長柄のほうが有利に働いた。間合いを長くとれる分、恐怖心が薄らぐからだ。

保雅の叱咤《しった》もあってさんざんに叩きのめし、新八も、

「お返しだ」

と加わって一気に反撃し、助っ人ら八人を地べたに転がした。

「新八、吉次。猿轡をかませて縄で縛り上げ、長屋門の小屋に放り込んでおけ」

小籐次の命で光之丈らも手伝い、高手小手に縛り上げられた八人は長屋門脇の小屋に閉じ込められた。

「よし、蔵に戻ろう」

一行が二ノ蔵に戻ると内部から、ぎいっという音が響いてきた。遠く地中から娘らのざわめきや泣き声が洩れてきた。

「どうする、小籐次」

「相手は佐久間三郎助と治助の二人だけですよ。いささか急ですが、今が娘を取り戻す好機かもしれませぬ」

「佐久間は手ごわいぞ」

「与之助、加助、光之丈。治助の相手を願おう」

「三人で一人か。ならばなんとかなろう」

年長の光之丈が答えた。

「小籐次、わしの役目はないのか」

保雅が不満そうに言った。

「若様、一番大切な役目が残っております。娘たちに怪我をさせぬよう吉次と新八の三人で守って下され」

「相分った」

保雅が緊張の声で応じて、問うた。

「小籐次、佐久間とやるのか」

「致し方ありますまい」

小籐次は今まで手にしていた鍬の柄を捨てた。そして、保雅から借り受けた刀の鯉口を切った。

「待て、小籐次。わしの刀を使え。その鈍《なまく》ら刀では佐久間三郎助の豪刀に太刀打ちできまい。それがしの差し料は、無銘ながら備中青江と伝えられる。刃渡り一尺九寸七分、そなたには扱いがよかろう」

「名物にっかり青江と呼ばれる京極家伝来の刀があると聞き及びますが、あの青江と関わりがございますので」

「わしの刀も、にっかり青江と同じ鍛冶と伝えられておるぞ」

保雅の口調がいつしか六万石の三男坊に戻って、気品と風格すら感じられるようになっていた。

「若様、そのような一剣、血で穢《けが》してようございますか」

「そなたの命がかかっておる。刀などどうとでもなるわ」

「借り受けます」

小籐次と保雅は刀を交換し、小籐次は無銘伝青江の鯉口を切って抜いた。

反りは四分、刃長二尺に三分足りぬだけだ。二ノ蔵の軒下に下げられた提灯の灯りに、地鉄《じがね》小杢目《こもくめ》が強く浮かんで美しかった。

小籐次が両手に黒塗り鮫皮の柄を持つと、掌にぴたりと吸いついた。

素振りを一、二度。

刃風が爽やかに耳に響いた。

「若様、こいつは凄うござる。最初で最後にお目にかかる名刀でございます」

笑みを浮かべて小籐次は鞘に静かに納めた。

「小籐次、蔵の奥の床がするすると開いたぞ。あっ、治助が娘たちを連れて姿を見せた」

格子戸から蔵の奥を覗いていた新八が報告した。

「よし。新八と吉次は若様と娘たちの身を守るのじゃ。光之丈、与之助、加助。三人で竹槍の切っ先で突いて治助を娘たちから離れさせよ。抵抗いたさば本気で突くのだ、それが娘たちと自らの命を守るただ一つの方法じゃぞ」

ああっ！

と新八が悲鳴を上げた。

「治助の他に仲間がいるぞ」

「何人か」

「三人じゃ」

「光之丈、与之助、加助。そなたら、なんとしても一人を仕留めよ。治助はだれが相手する」

小籐次が三人を見た。

「おれが受け持つ」

市橋与之助が決然と答え、

「小籐次、竹槍でのうて刀でよいか」

と願った。

「戦い方は人それぞれ。おまえの好きにやれ」

「相分った」

「余計なことだが、戦いに際して迷いは禁物。踏み込むときは存分に踏み込んで刀を振るえ。それだけを心せよ」

与之助が静かに頷いた。

「小籐次、治助が先頭で蔵を押し出してくるぞ。だが三郎助の姿はない」

新八が潜み声で言い足し、竹槍を構えた。

小籐次らは蔵の戸の左右に分れ、姿勢を低くしてそのときを待った。

治助と戦う市橋与之助は抜刀して片膝を突いた。その背後に土肥光之丈と筒井加助が竹槍を構えて控えた。

治助が蔵の格子戸を横手に引いた。

「そろそろ迎えが来る頃だ」

治助が懐手をして蔵の外に出た。

「見張りはどうした」

と辺りを見回し、待機する小籐次らの姿に気付き、ぎょっとして立ち竦んだ。

それでも不敵な笑みを浮かべると、

「なんだ、てめえら。逃げたんじゃねえのか」

と言い放った。

「そなたの相手はそれがしだ」

市橋与之助が立ち上がり様に斬りかかった。

きゃあっ！

娘たちが悲鳴を上げ、逃げ惑った。

「大人しゅうせよ。われらはそなたらを助けに参った者じゃぞ、安心せよ。蔵の内壁に寄って身を低くしておれ」

保雅が叫び、新八、吉次が娘らを誘導するために蔵の中に飛び込んでいった。

光之丈、加助の二人も続き、治助の仲間に竹槍をつけた。

蔵の前では治助が前方に走りつつ、懐手を出し、振り返った。

きらり
と匕首が光った。

その動きに与之助が合わせ、くるりと振り向いて逆手に匕首を構えた治助に迫った。

「与之助、間をおくでない」

小籐次の叱咤に、与之助は右手に構えていた刀を、匕首を持つ腕に敢然と振り下ろした。

治助も匕首を振るおうとしたが、一瞬早く与之助の刃が、匕首を持つ治助の腕を斬り飛ばしていた。

ぎええっ！

という治助の悲鳴が乱戦の相図になった。

小籐次は佐久間三郎助の姿を探した。二ノ蔵の中から、

「娘らは皆無事だぞ！」

と新八が誇らしげに叫ぶ声が響いた。

蔵の前に、自らの勝ちに茫然とする与之助がいて、地面を転がり回る治助を見下ろし、

「おれが斬ったのか」

と自問するように呟いた。

「見事な踏み込みであった」

と与之助を褒めた小籐次は、

「新八、佐久間三郎助はおるか」

と蔵の中に尋ねた。

「蔵の中には治助の仲間だけだぞ。壁際に光之丈と加助が追い詰めたぞ」

と叫び返してきた。

「娘らをしばし蔵の中で待たせよ」

と小籐次が叫んだとき、表で大勢の人の気配がした。小籐次があばら家を振り向くと、暗がりからざんばら髪の人影がゆらりと現れた。

「田淵参造」

と与之助が呟くように言った。その背後に佐久間三郎助ともう一人の剣術家が控えていた。

一ノ蔵の表戸を開いて姿を見せたか。

「参造、裏切ったな」

と与之助が参造を詰《なじ》った。その瞬間、

うおおっ！

と獣の咆哮《ほうこう》のような叫び声を上げた参造が、素手で与之助に摑みかかろうとした。

その動きががくんと止まり、五体が竦んだ。

ゆらり

と揺れて参造の体が前のめりに倒れ込んだ。

参造の背に小刀が突き立ち、体が痙攣を始めていた。

「邪魔よのう」

呟いた三郎助とは別の剣術家が参造に歩み寄り、片足を背に掛けると小刀を抜いた。すると切っ先から血がぼたぼたと滴り落ちた。

「松平某はおるか」

「蔵の中におる」

と小籐次が応じたとき、新八の、

「治助の仲間はお縄にしたぞ！」

という声が誇らしげに響いた。

「次郎吉兄者、松野藩の三男坊を始末致す」

宣言した三郎助と次郎吉の兄弟は、まるで小籐次と与之助がその場におらぬかのように蔵の中に入ろうとした。

「長兄佐久間兼右衛門はいずこにおる」

二人の前に立ち塞がった小籐次が訊いた。

「兄上は津之國屋に控えておられる」

と答えた三郎助が、

「そのほうが、用心棒志願の浪人を斬ったという青二才か」

と小籐次を見た。

「津之國屋の用心棒丹助もな」

ほう、と次郎吉が小籐次を見返した。

「こいつ、餓鬼の分際で不敵な面をしておるぞ、兄者」

「津之國屋が出張ってくる前に始末せえ。夜明け前に、娘らを唐人船に乗せねばならぬそうじゃからのう」

と次郎吉が弟に命じた。

「二人してよく聞け。津之國屋には今晩町奉行所の手が入る。逃げ出すなら今のうちじゃぞ」

「なにっ」

「三郎助、こやつの言うことなど当てになるものか」

と次郎吉が嘲笑《あざわら》った。

「まあ、よい。地獄に参って後悔いたせ。次郎吉、三郎助、われらもいささか急ぐ。二人相手に勝負を願う」

「こやつ、大胆なことを。われら豪柔一刀流の怖さを知らぬとみえる」

「三郎助、そなたが参造の大小を斬り飛ばした業前を二階の覗き穴から見た」

「なに、おまえら、あばら家の二階に潜んでおったか。品川界隈の貧乏たれ、あれこれと考えおるぞ」

三郎助が吐き捨てると四角い鍔を鳴らして剣を抜いた。すると腰に下げた巾着から小判が鳴る音が響いてきた。

小籐次の無銘青江はまだ鞘の中だ。

「われら二人を相手に居合いを遣う気か」

と三郎助が嘲笑った。

小籐次は三郎助と次郎吉を等分に見ながら、懐に手を入れた。

「田淵参造は裏切り者ではあったが、われらが貧乏仲間であった。仇を討つ」

と宣告した。

そのとき、長屋門付近に、

「南町奉行山村信濃守良旺《たかあきら》様のご出馬である。品川宿を不埒《ふらち》にも専断致す津之國屋一味、神妙に致せ！」

という声が響き渡り、捕物の気配が蔵の前まで伝わってきた。

「兄者、これはどうしたことだ」

「よし、こやつを叩き斬って兄上を伴い、逃げ出すぞ」

「よかろう」

兄弟武芸者は阿吽《あうん》の呼吸で戦いの態勢を整えた。

「小籐次、わしが許す。その者どもを成敗《せいばい》致せ」

信州松野藩松平家三男坊の凛《りん》とした声が蔵の戸口から響いた。

一瞬、三郎助が保雅に視線をやった。

「承った」

小籐次の懐手が抜き出されると、古裂に包まれた参造の刀の切っ先が虚空を飛んで、風圧に裂が落ち、切っ先だけが三郎助の喉元に吸い込まれるように突き立った。

げええっ!

と悲鳴を上げて倒れ伏す末弟に次郎吉が、

「おのれ、やりおったな」

と剣を抜きざま、小籐次を押し潰すように脳天へと叩き付けてきた。

小籐次は刃風を頭の上に感じながら背を丸めて飛び込み、無銘伝青江一尺九寸七分を鞘走らせると、次郎吉の胴から胸部を斬り上げていた。

おおっ

と保雅が歓喜の声を洩らしたとき、小籐次の口から、

「来島水軍流流れ胴斬り」

と言う言葉が洩れた。

小籐次の眼の端に南町奉行所の御用提灯が見えた。

「若様、われら、そろそろ退《ひ》きどきにござる」

「娘らはどうする」

「もはや奉行所に任せればよろしかろう」

「いかにもさよう」

「新八、娘らに奉行所の助けが入ったと言い聞かせ、蔵の中から出て参れ」

「どうするのだ」

「奉行所の手が入った。津之國屋の始末も娘らの処遇も任せればよかろう。われらがこの場で捕まると厄介じゃぞ」

「合点だ」

光之丈らが蔵から飛び出してきた。

血振りをした小籐次は青江の一剣を鞘に戻しながら、

「若様、竹林を突っ切って、大和横丁瑞聖寺で落ち合いましょうぞ」

と小籐次らは竹林に駆け込んでいった。


一刻半後、夏の朝が白み始めた。

瑞聖寺の境内に大和小路若衆組の面々が待ち受けていたが、新八の姿だけが未だ見えなかった。

「あいつ、奉行所の手に捕縛されたか」

「とすると厄介だぞ。あいつは口が軽いからな、われらのことをぺらぺら喋るぞ」

最前から何度目か、光之丈と加助が言い合った。

「若様、われらが放埒な日々も終ったと思われませぬか」

小籐次が言い出した。その腰には籐巻の短刀がいつものようにあった。

「そうじゃな。わしもそろそろ婿の口でも探してもらおうか」

「それがようござる」

二人の脳裏に御嶽五郎右衛門の言葉が浮かんだ。

「小籐次、慈妙寺助三郎らの悪巧みや藩の内紛は、隠居の五郎右衛門に任せればよいな」

「われらの関知すべきことではございますまい。若様、もはや、われらが集うこともありますまい」

「そうじゃな。大人にならんとな」

保雅が答えたとき、新八がのっそりと姿を見せた。

「遅かったな、新八」

吉次が詰問した。

「始末を見ておったのだ」

「津之國屋一味は捕まったか」

「加助、品川じゅうの津之國屋に関わりがある家屋敷に、南町奉行所ばかりか、他の役所の面々が合同で捕物に入ったようで、品川じゅうが大騒ぎよ」

「新八、われらの関知せぬことだ」

小籐次が言い放った。

「南町奉行に白髪の老人が従ってな、ほれ、若様の家中の腹黒鼠の慈妙寺助三郎を縄にかけておったぞ」

「忘れるのだ」

「それでいいのか」

「われらの集いも今朝が最後」

と小籐次が宣告した。一同が頷き、

「とうとう一文も稼ぐことができなんだな」

と加助が力なく呟いた。

「加助、すまぬ」

と保雅が詫びた。

「若様に当てつけに言ったんじゃないぞ」

「分っておる」

と答えた保雅の声が哀しく響いた。

小籐次の目が新八にいった。

「新八、懐のものを出さぬか」

「懐のものってなんだ。おまえに貰ったあの二両か」

「そうではない。そなたが三郎助の腰にぶら下がっておった巾着に目を付けていたのを知らいでか」

「こ、小籐次、そのようなことは」

「あやつの腰から巾着を奪ってこなかったと言うか」

「いや、おれがそんなことをするものか」

と返事が弱々しくなった。

「いくら入っておった」

小籐次に睨まれた新八が、

「小籐次の千里眼め」

と叫ぶと懐から巾着を皆の前に放り出した。

「あの兄弟二人合わせて三十七両二分、持っておったわ」

おおっ！

吉次が歓声を上げた。

「小籐次、どうする気だ」

と保雅が訊いた。

小籐次は懐に残った二分を巾着の脇に投げた。

「新八、おれが与えた二両を足せば四十両の金子になる。七人で等分に分ければ、一人頭五両三分ほどになる」

「小籐次、おれの気転で得た金子だぞ」

「そなただけ得をしようというのか。仲間甲斐がないのう」

「く、くそっ、好きなようにせえ」

「よし、吉次、七等分にせよ」

巾着の紐が緩められ、ざらざらと小判が朝の光に眩《まぶ》しく輝いた。

「五両三分なんて大金、懐にしたことがないぞ」

と光之丈が嬉しそうに呟いた。

「その金子を持って雑司ヶ谷村の野鍛冶の出戻りのもとに婿に入れ」

「小籐次、そうするぞ」

「それがよい」

と答えながら、小籐次は、
(親父には絶対真剣勝負をしたなど話せぬ)
それにしても
(折檻は厳しかろうな)
と考えていた。

野鍛治

第一章　野鍛冶見習い

一

早朝、赤目小籐次は豊後森藩一万二千五百石、久留島《くるしま》家の下屋敷で独り稽古に打ち込んでいた。

来島水軍の流れを汲む武術だ。

道場など下屋敷にあろう筈もない。

森藩下屋敷は広さだけは八千八百六十三坪とそれなりに広かった。この敷地に下屋敷の御番所が一棟あって、殿様が泊まられる奥と用人らが暮らす台所が中庭を挟んで廊下でつながっていた。

表門は一応長屋門で下屋敷用人以下の奉公人が暮らしていた。

この他に味噌蔵、厩などが別棟であった。

中屋敷や下屋敷は、上屋敷が火事で焼失した際など、在府中の殿様以下が泊まるための場所だ。ゆえに上、中、下の三屋敷が類焼せぬように離れていた。禄高のある大名家では下屋敷を江戸の内海沿いに造り、庭などをしっかりと造りこんで別邸風な使い方をしていたが、森藩にはそのようなゆとりはない。

九千坪近い敷地は大半が百年を超えたような樹木で覆われ、昼なお暗き森が広がっていた。

そんな森の中に古びた神社の社殿があって、その拝殿前は二百坪ほどの平地になっていた。伊予水軍に通じる大三島大山祇《おおやまづみ》神社が森藩下屋敷に勧請《かんじょう》されたのは、いつのことかだれも知らない。いや、下屋敷の中に神社があることを承知なのは赤目父子だけかも知れなかった。

平地が小籐次の道場だった。

まず来島水軍の特徴たる竿使いから小籐次は稽古を始めた。波間に漂う舟から相手の舟の敵に向い、突き、払い、殴りつける。

小柄な体が足を広げてどっしりと腰を固定し、次々に竿を使った。八尺余の竿が間断なく動かされて、架空の敵を一人またひとりと倒し、舟から波間に転げ落とした。

品川の騒ぎが鎮まって一年余が過ぎたころ、天明八年（一七八八）夏のことだ。

小籐次が独り稽古を続けていると、不意に父親の伊蔵が姿を見せた。だが、格別に小籐次の稽古に口出しする風もなく、黙って眺めている。

品川の騒ぎのあと、伊蔵は小籐次に言葉を掛けることなく稽古にも付き合う気配を見せなかった。

小籐次にとって伊蔵の無言と無視はなによりも怖かった。

ゆえに本職の馬の世話を怠けることなく為し、内職に精を出し、独り稽古を繰り返した。

そんな日々が三月も続いたあと、伊蔵が野天の道場に姿を見せた。そして、小籐次の黙々とした独り稽古を見て、腰から一剣を抜き、社殿の階《きざはし》に置くと、

「そなた、人を斬ったか」

と呟く様に洩らした。

小籐次はなにも答えられなかった。

黙したまま佇んでいると、

「人を殺めれば次にはそなたの命が狙われる。世間の理《ことわり》はそのようなものだ。無

為に人を殺めるものではない」

切々と伊蔵は小籐次に言った。

「父上のお言葉肝に銘じます」

「もはや遅きに失したかもしれぬ。そなたの竹鞘の鈍ら刀ではまさかの場合に役に立つまい」

伊蔵はそう言い残して稽古場から消えた。

村上水軍の守り神、大三島大山祇神社の階に備中国《びっちゅうのくに》刀鍛冶次直《つぐなお》が鍛造した豪刀、刃渡り二尺一寸三分が置かれてあった。

伊蔵は、小籐次はもはや己の手に負えぬと悟ったか、赤目家の先祖が戦場にて倒れた敵方の武将の手から奪ってきたという次直を小籐次に譲ったのだ。

小籐次の稽古はその日から一段と激しさを増した。

どれほど時が流れたか。

人の気配を感じた小籐次は稽古を止めた。

鬱蒼とした森の中に向って、

「何者か、出て参れ」

と声をかけた。

敵意がないのは小籐次も承知していた。

野放図《のほうず》に生い茂った森の中から娘が姿を見せた。

「なんだ、かよではないか」

最後に別れて以来、一年以上の時が経過し、かよは十五歳になっていた。着ているものは洗い晒《ざらし》の木綿だ。だが、夏の光の中にかよの顔が眩しいほど白く見えた。

「どこから入ってきた。森藩の下屋敷じゃぞ」

「どこからでも入り込める」

ぶっきらぼうにかよが応じた。

かよの家も直参旗本一柳家五千石の抱え屋敷の一角に小さな家と菜園を設けて暮らしていた。ゆえに品川界隈の貧乏大名の手入れの行き届いていない下屋敷に潜り込むことなど朝飯前のことだった。

「新八がどうかしたか」

小籐次はかよの兄のことを案じた。

かよは首を横に振った。

小籐次はかよに大三島大山祇神社の階に座れと言った。

かよが突然小籐次の前に姿を見せたということは、なにか緊急の用事があってのことだと思ったからだ。

だが、かよは小籐次の誘いを断わり、野天の道場と森の境に立ったままだ。

「それでは話ができまい」

小籐次は乗れば板が抜け落ちそうな階の端に自ら腰を下ろし、腰から手拭いを抜き取ると顔の汗を拭った。

大目玉に団子鼻がでーんと座り、両の耳が異様に大きかった。その上、父親譲りの矮軀《わいく》だ。二十歳を前にして五尺を少しばかり超えた背丈だ。異様といえば異様、貧相といえばその言葉にも当てはまった。

かよは、汗を掻いた小籐次の顔が好ましいと思った。しっかりとした口元が小籐次の誠実さを漂わせ、汗を掻いた五体から爽やかさすら漂ってきた。

かよは恐る恐る小籐次が座った階とは反対側に、間を空けて浅く腰を下ろした。

「新八はどうしておる」

小籐次はいま一度新八のことを尋ねた。

「兄《あに》さんは博奕場に出入りしておる」

「風の噂に聞いた」

品川の騒ぎに関わったあと、小籐次が斃した悪党兄弟から新八が頂戴してきた三十七両余と小籐次が手に入れた二両余を足した四十両の金子を、七人の仲間で等分に分けた。

五両三分ずつだ。

若様と呼ばれていた松平保雅を含め、七人の若者が初めて手にする大金であった。この金子を元手にそれぞれが別々の道を歩むことを約定して、「大和小路若衆組」いや、「品川村腹っぺらし組」は解散した。

「兄さんは品川の騒ぎで得たお金で博奕を覚えた」

かよが恨めしそうに小籐次を見た。

「かよ、新八の金の使い方の責任まで負えぬ」

小籐次の返答に頷いたかよが、

「いずれ兄さんは博奕で身を亡ぼす」

と言った。

「かよ、新八をなんとかせよというのか」

小籐次が念を押した。

「違う」

「ではなんだ」

「大円寺の寺侍だった土肥光之丈さんを覚えている」

「仲間のことを忘れるものか」

土肥光之丈がどういう曰くで寺侍になったかは、小籐次は知らなかった。だが、坊主どもの慰めの相手の稚児であったことを小籐次は承知していた。

当時、「品川村腹っぺらし組」の中でも最年長の二十二歳だった。

この光之丈に、出戻り娘の父親の野鍛冶の職を継ぐ条件で、婿入り話が舞い込んでいた。

品川の騒ぎで得た五両三分を懐にして、光之丈は、雑司ヶ谷村の野鍛冶の家に婿入りした、そのことを勧めたのは小籐次だ。その後のことを小籐次は知らなかった。

「光之丈がどうか致したか」

小籐次の問いにかよは、しばし間を置いた。

階の欄干に身を寄せて、今にも鼻緒がちぎれそうな草履の足先を見ていた。

「小籐次さんさ、私、嫁に行く」

突然かよが話柄を変えた。

「な、なに、か、かよが嫁に行くのか」

小籐次は不意を突かれて狼狽した。

かよの兄の新八と親しかったことから兄妹の家にもしばしば出入りしていた。品川の騒ぎの折、奉公を怠けたというので、小籐次は伊蔵に手ひどい折檻を受け、厩の梁に吊るされた。

馬の背に足先を乗せてなんとか逃げ出し、新八とかよの家の納屋に匿《かくま》ってもらったことがあった。

その折、かよが小籐次に親切にも生卵や握り飯を与えてくれて、二人は一瞬抱き合った思い出があった。

今考えれば遠い昔の甘酸っぱい記憶だった。しかし、それだけのことで、かよが自らの結婚話を小籐次に告げにきたのか。

「かよはいくつになった」

「十五」

嫁に行っても不思議ではない。

「かよ、嫁に行く前になんぞおれに始末してほしいことがあるのか」

「そんなもんない」

かよが即答した。

「私が嫁に行く先は、光之丈さんが婿に入った野鍛冶の家に近い高田村なの」

話が元へと戻った。

「それが不都合か」

かよは首を振り、

「つい数日前、おっ母さんが嫁入り先を見に私を連れていった。辺りは品川より寂しいくらいだった。嫁入り先は小さな百姓家だけど、なんとかやっていけそうな気がした」

「婿に不満か」

「違う、未だ相手の顔も見たことないもの。その家を見た帰り道、江戸川の土手で偶《たま》さか光之丈さんに出会ったの」

「なに、光之丈に会ったのか。どうしておった」

「元気がなかったわ」

「どうしたというのだ」

「親父様から野鍛冶の仕事の覚えが悪いと叱られどおしだって」

「職人仕事は何事も根気だ、一人前になるには十年の辛抱がいる。光之丈は二十二で丁稚奉公に入ったようなものだ。十三、四ならば我慢できることでも、その歳ならば腹が立つこともあろう。それは覚悟のはずだ。親方でもある親父から叱られながら、一人前の野鍛冶になっていくしか途はないのだ、かよ」

小籐次の言葉にかよが頷き、

「別れ際に光之丈さんが、小籐次さんに会いたいと私に訴えたの。小籐次から真剣に研ぎ仕事を習っておけば、おれもかように親父から蔑まれずに済んだはずだと嘆いていたの」

野鍛冶には研ぎも必要であろう。その技を身に付けるのにも何年もかかる。小籐次はどうにもならぬな、と思った。

かよが縋るような眼差しで小籐次を見詰めて詰《なじ》った。

「小籐次さん、あんたたち、仲間だったんでしょ。品川で命を賭けて津之國屋一味と戦った仲でしょ」

「それはそうだが」

「だったら助けてあげて」

「おれにも都合がある。口うるさい親父がいるのだ、どうやって雑司ヶ谷村などに通えるか、考えてもみよ」

「住み込んで教えればいいわ」

かよは、あっさりと小籐次に答えた。

「そのようなことができるか」

「助け合うのが仲間でしょ」

かよは、同じ言葉を繰り返すと階から立ち上がって小籐次を眺めた。

小籐次はしばし瞑目して考えた。

「かよの乳房に触れた代償は高くついた」

両眼を開いた小籐次の言葉に、かよがけらけらと笑って、森の中に姿を消した。

(さて、どうしたものか)

小籐次は次直を腰に差し落とし、大三島大山祇神社の拝殿に向い、道場の真ん中に立った。

来島水軍流は、瀬戸内の島々が散る海上の小舟の上で戦うことを想定して編み出された剣術だ。正剣十手脇剣七手の十七手を伊蔵は小籐次に教えた。海の上の小舟では足腰を安定させるにもひと苦労だ。それを陸上で教え込もうというのだ。

伊蔵は、来島水軍流の基を教え込む折、小籐次の両眼を手拭いで塞いで、

「ほれほれ、潮の流れが舟の艫《とも》から押し寄せてきた。敵は、そなたの右手前におるわ、槍で突いてきたぞ」

とか、

「波を右舷から被った、舟が大きく揺れておるわ」

などと状況を小籐次に想像させながら、それに対応する工夫をさせた。その対応が間違っているときは、手にした竹竿で容赦なく突き飛ばし、殴り付けた。

視界を閉ざしての来島水軍流の基の稽古は三年余り続いた。

手拭いなしの稽古を許されたのち、両眼を見開いての動きと技に戸惑いを覚えた。だが、小籐次は三年前よりも格段に技量が上がっていることに気付かされた。

これまで見えなかった相手の動きが見えるようになっていた。

品川の騒ぎで小籐次は、己の力量を見極めていた。とはいえ、天明の世に剣術がなんの役に立つか、小籐次は考えも浮かばなかった。

さりながら来島水軍流は、名もなき赤目小籐次にとって生き甲斐であり、支えだった。

小籐次は、次直を正眼に構えて瞑目した。

父の伊蔵が来島水軍流の基を教えたときと同じように視界を閉ざすことで、架空の相手と動きを想定した。

正眼の次直が自然に小籐次の左の脇構えへと移された。

相手は、六尺を超えた巨軀、八双《はっそう》に剣を立てていた。

間合いは一間。

どちらかが踏み込めば、死地に達する。あとは技量の差だ。

互いに呼吸を読み合い、相手が先に仕掛けてきた。小籐次を押しつぶすほどの圧倒的な力で剣を小籐次の脳天へと落としてきた。

後《ご》の先《せん》。

小籐次は相手の動きから一拍遅れて踏み込み、次直を攻め込んでくる巨体の脇腹から胸へと斬り上げた。瞑目して振るった次直に手応えを感じた。

一瞬早く小籐次の次直が相手の胴を抜いていた。

「来島水軍流流れ胴切り」

と呟いた小籐次は両眼を見開いた。すると、仮想の相手の「巨軀」がゆっくりと崩れ落ちていくのが小籐次の脳裏に映じた。

「よし」

小籐次は呟くと、その日の稽古を早めに終えた。

長屋に戻ると父親の伊蔵が鉈で薪を割っていた。淡々とした作業だが、律動と間があった。

ちらり

と伊蔵が小籐次を見た。手は薪を割り続けていた。

「父上、お願いがございます」

「なんだ」

小籐次はかよから受けた相談の一部始終を伊蔵に告げた。話を聞く間も伊蔵の手は止まらなかった。

「光之丈に研ぎを教えるというのか」

「いけませぬか」

「光之丈には舅《しゅうと》の親方がおる」

「はい」

「そなたが研ぎを教えるのをよしとはすまい」

「光之丈に婿入りを勧めたのはそれがしです。なんとか光之丈が婿入りした先で肩身の狭い思いをせずに済む程度の研ぎの技を身につけさせとうございます」

小籐次の言葉を伊蔵は薪を割りながら聞いた。そして、長い沈黙のあと、

「雑司ヶ谷村の野鍛冶の家じゃ、裕福とはいえまい。光之丈に研ぎの基を教え込むのは十日に限れ。そこでいったん屋敷に戻り、一月後に光之丈の研ぎの技量がどうなっているか、見てみよ。野鍛冶も研ぎも何年修業してもダメな者がおる。光之丈がものになるかならぬか、そなたの教えとその後の光之丈の努力を見ればおよそ分ろう」

「父上、雑司ヶ谷に参ってよろしいのでございますか」

「お節介はそなたの母親譲りのようじゃ。用人高堂様にはわしから願うておく」

伊蔵が許してくれた。

「ならばこれから参ります」

昼下がりの刻限、いや、七つ（午後四時）に近かった。

「相手とて夜中に訪ねて参ったそなたを怪しもう。明朝七つに発って野鍛冶が仕事を始める前にその家に参り、まずは舅どのに願うてみよ」

「はい」

小籐次はこれほどあっさりと父がこの一件を承諾したことに驚きを禁じ得なかった。

二

雑司ヶ谷村は、巣鴨《すがも》村の南西に位置し、南は下高田村、北は池袋村、東は護国寺境内や小石川村などに接していた。

村の北西に丸池があり、後に池袋の地名の由来になったとか。この池から流れて出るのが弦巻《つるまき》川だ。

村内の鬼子母神《きしもじん》は安産や子育ての神様として江戸からも大勢の信徒が参詣に訪れた。

小籐次が雑司ヶ谷村を訪ねた八十余年前ごろより鬼子母神の参詣路として道が幾筋か整備され、百姓家や町家が建つようになった。また寺領や大名家の下屋敷も散在していた。さらに村内に幕府の御鷹部屋・御鷹方組屋敷などもあった。

光之丈が婿入りした野鍛冶の弦五郎の家は、鬼子母神の参詣路の一つにあって、この界隈の百姓家や参拝客相手の酒食屋、あるいは寺からの註文を受けて代々この仕事を続けていた。敷地は家の裏の畑を含めて三百五十坪ほどか。

小籐次が破れ笠に次直を一本差しして鞴《ふいご》に火を入れたばかりの作業場の前に立

つと、親方の弦五郎が、
じろり
と小籐次を見た。だが、なにも言わなかった。若い小籐次を客とは思わなかったようで風体を見ていた。

そこへすっかり野鍛冶職人の見習いらしくなった光之丈が姿を見せ、小籐次を黙って見た。だが、直ぐには小籐次と思い付かないようで、黙然と見ていた。

小籐次は光之丈を観察した。寺侍の折から痩せていたが、頬が一段と削げ落ちて苦労が偲《しの》ばれた。

小籐次は破れ笠の縁を上げ、顔を光之丈に見せた。

「嗚呼《ああ》」

と驚きの声を光之丈が発した。

「小籐次か」

「いかにも赤目小籐次じゃ」

「どうしてかような所におる」

「かよから聞いた。そなたが研ぎを習っておけばよかったと洩らしたことをな」

「なに、研ぎを教えに雑司ヶ谷村に来たのか」

「迷惑か」

「迷惑ではないが驚いた」

と応じた光之丈が、舅であり親方の弦五郎に小籐次のことを品川時代の朋輩であり、研ぎの技を持っていることをぼそぼそと告げた。

「おまえ様は研ぎを教えに品川から来たというか」

弦五郎が疑わしそうな眼差しで、それでも一応侍として遇する敬称付きで小籐次に尋ねた。

「親方どの、それがし、豊後国森藩の下屋敷に代々奉公している者じゃ。父から研ぎ仕事を習ったゆえ一応研ぎは出来る。光之丈がこちらに婿入りするのを勧めたのもそれがしじゃ」

「研ぎは半日やそこらで教えられるものではない」

「父に相談したら、相手方が許すならば十日ほど日にちを与えるで教えてこい。さらに一月後、こちらを訪ねて光之丈が教えた技をこなしておるかどうか、確かめよとの許しを得てきた」

小籐次がいうところにふっくらとした顔立ちの女が姿を見せた。光之丈の女房であろう。お腹も迫《せ》り出しているところを見ると懐妊しているのであろうか。

「おふく、わしの朋輩の赤目小籐次だ、わしに研ぎ仕事を教えにわざわざ来たのだ」

女房に光之丈が説明した。

「ああ、品川の騒ぎの」

「そうじゃ、あの小籐次だ」

光之丈に話を聞いているのか、ふくがぺこりと小籐次に頭を下げた。

「お父つぁん、お侍さんがわざわざ品川からうちの人を助けに来てくれたのよ。気持ちを有難く受け止めておくれな」

ふくが父親を説得するように願った。

「うちに泊めよというのか」

弦五郎が困った顔をした。

「おれは貧乏大名の厩番ゆえどのようなところにも寝泊まりできる、納屋の隅でよいのだ」

弦五郎はしばらく黙って小籐次を見ていたが、顎で作業場の一角を指した。その先に鎌が何本も転がり、研ぎを待っていた。

「一本だけ鎌を研いでくれ、どの程度の研ぎか見てみる」

弦五郎が小籐次に許しを与え、

「光之丈、砥石を出してやれ」

と婿に命じた。

「親方どの、砥石類は背に負うてきた。洗い桶を貸してくれぬか」

と小籐次が願うと、

「砥石を品川から負うてきたといいなさるか」

と弦五郎が驚きの顔を初めて見せた。

「おい、小籐次、研ぎ場は作業場の隅でよいか」

「いや、あの柿の木の下に筵《むしろ》を敷いて研ぎ場を設ける。そなたはいつものように仕事を為せ。鎌が研ぎ上がった後にそなたに教えてよいかどうか、親方が判断なされよう」

小籐次が言い、自ら庭先にある柿の古木の下に行き、背中から風呂敷包みを下ろした。前庭の一角に細い流れがあって、野菜などを洗う場所のように石の段々が設けてあった。

柿の木の下へふくが急いで筵を運んできた。

「この時節、轆の傍は暑いゆえ、こちらを選んだ。あの桶を借りてよいか」

と洗い場にある木桶を小籐次は指した。

「お好きなように」

小籐次は桶に流れの水を張り、筵の上へと運んできた。そして、風呂敷から出した粗砥《あらと》、中砥、仕上げ砥などを並べ、桶の水に浸した。

「よし」

と自らに気合いを入れた小籐次が次直を腰から抜くと、柿の木に立てかけた。

「小籐次、この鎌でよいか」

昨日鍛《た》ち上げられたと思える鎌を光之丈が手にしてきた。むろん柄は接《つ》げられていない。荒々しい刃物の姿だった。

「よい」と受け取る小籐次に光之丈が、

「まさか来るとは思わなかった」

と呟いた。

「迷惑だったか」

「いや、驚いてなにもいえぬ」

歳は光之丈が四つ上だった。だが、品川の騒ぎを実質的に仕切った小籐次に、光之丈は敬服していた。

「子が生まれるようだな」

「師走が産み月だ」

「光之丈、おのれの居場所を大事にせよ」

「分っておる。舅がもう少し優しいと文句はない」

「そなたは実の父親の恐ろしさを知らぬ。品川の騒ぎのあと、おれがどれほど折檻されたか。稽古と称して気を失うまで殴られた。怪我が絶えたことはなかった。最近になって様子が変わったがな」

「そんなものか」

　と光之丈が応じたとき、

「いつまでぐずぐずしておるか」

　という怒声が響いた。

　光之丈が鍛冶場に走り戻った。

　小籐次は、粗仕上げされた鎌の刃を眺めた。火造りした刃物を鏟《さん》という鉋《かんな》のような道具で粗削りしてあった。

　野鍛冶の鍛える仕事道具はこれほど力強く荒々しいものか。

　小籐次は筵の上に腰を落とすと、粗砥を桶の水から上げて膝の前に置いた。右足を軽く立て、力が刃物にかかるような姿勢で鎌の刃を一度粗砥の上に置き、研ぐ姿勢を固めた。その上で鎌を水に浸して十分に水を含ませると、研ぎ始めた。

研ぎ始めればただ無心に単調な作業に没入した。

粗砥を掛け終ると、中砥に変えた。

ひたすら粗仕上げされた鎌の刃の無駄な部分を研ぎ落としながら、鍛えていく。

仕上げ砥まで要るのかどうか迷ったが、小籐次は最後まで鎌の刃を研ぎ上げた。

そのとき、小籐次の前に人影が立った。

弦五郎親方だった。

「仕上げ砥まで野鍛冶の鍛えた道具にかけなすったか」

「余計であったかな」

「おまえ様の仕事は野鍛冶の道具には勿体ない。親父様は刀の研ぎまで為されような」

「いかにも、刀の研ぎも親父から教えられ申した」

小籐次が仕上げた鎌の刃を手にとった弦五郎が、

「ここまで研ぎ上げるには年季と才が要る。光之丈は二つともに足りませぬな。じゃが、おまえ様の技を少しでも教えて下されば光之丈が五、六年もすれば、なんとか一人前の野鍛冶になりましょう」

「我儘をお許し下さるか」

「光之丈はよい朋輩を持っておったな」

と言い残した弦五郎が鎌の刃を持って鍛冶場に戻った。そして、光之丈に見せて何事か説明していた。

小籐次がどうしたものかと迷っていると、光之丈が残りの鎌と山刀を抱えてきた。

「小籐次、舅が他人《ひと》を褒めるのを初めて聞いた、驚いたわ」

「それを研げと言われたか」

「ああ、おまえをこの家に十日受け入れるそうだ。給金はなし、飯と寝床だけだぞ」

「金を稼ぎに来たのではない、それでよい」

「今日の昼過ぎから研ぎを小籐次に教われと舅に命じられた」

と言った光之丈が鎌と山刀を筵の傍らに積んだ。

「光之丈、鍛冶場の砥石を見たい」

光之丈が急いで鍛冶場から砥石をあれこれと持ってきた。小籐次はその中から

光之丈が使えそうな粗砥を選び、

「まず粗仕上げからいく、おれの動きを真似よ。職人仕事は口では伝えられぬことが多い。手の動きと返しを覚えよ」

と小籐次が言ったとき、ふくが、

「昼餉ですよ」

と二人を呼びにきた。


昼餉は、冷や水に冷やしたうどんを茗荷《みょうが》やネギを薬味にして出汁《だし》で食した。

弦五郎の家は、姑《しゅうとめ》のいちにふくとみやの姉妹、それに光之丈の五人家族だ。

十六というみやは、義兄の朋輩が突然姿を見せたことに驚いたか、小籐次の前ではなにも喋らなかった。恥ずかしがり屋のみやはなかなか整った顔立ちだった。

昼過ぎ、弦五郎は鞴を独りで使って作業を始めた。

柿の木の下では、光之丈がなんともうれしそうな顔で、

「まさか小籐次と並んで研ぎ仕事をしようとは思わなかった」

と言った。

「光之丈、いっしょに研ぎ仕事をするのではない。おまえはこの赤目小籐次の弟子だ。まずおれの研ぎをしっかりと見よ」

「舅に習ったで研ぎの基はできる」

光之丈が反論した。

「ならば鎌を研いでみよ」

小籐次が光之丈に命じた。

「よし」

光之丈は無造作に研ぎ桶の水に鎌の刃を浸け、いきなり引き上げると砥石の上に載せ、刃の傾きを考えもせず研ぎ始めようとした。

「待て」

「なんだ」

「それが親方が教えてくれた研ぎの基か」

「そうだと思うがな」

「それでは銭を頂戴する鎌には研ぎ上がらぬ」

「そうか、これまでもわしの研ぎの鎌を寺や百姓家に納めたぞ」

「よし、そなたの遣り方で鎌を研ぎ上げてみよ」

小籐次の命に光之丈が黙って頷くと、砥石の上で粗仕上げの鎌を研ぎ始めた。それを見た小籐次も別の鎌の刃を研ぐ作業に入った。

どれほど時間が過ぎたか。

「研ぎ上がったぞ」

光之丈の声が小籐次の耳に届いた。小籐次は中砥で刃を整えていた。

「どれ、見せよ」

小籐次は光之丈の研ぎ上げたという鎌の刃を見た。刃は一応光って見えた。

「鈍ら研ぎじゃな」

「どこが鈍ら研ぎか」

小籐次が立ち上がると青く繁った柿の葉を光之丈の研いだ鎌の刃で撫でた。すると柿の葉は、刃に逆らいもせずただ動いて、また元の場所に戻った。

次に小籐次は、自分が研いだ鎌の刃を柿の葉に最前と同じように当て、動かした。

枝に繁る柿の葉が、

すうっ

と二つに切れて先が筵に落ちた。

「小籐次、そなた、自分が研いだ刃に来島水軍流の技を使ったな」

光之丈が文句をつけた。

小籐次は黙っていた。

するとその様子を見ていた弦五郎が鍛冶場から柿の木のところに来た。

弦五郎は小籐次が切った柿の葉を拾い、その切り口をしげしげと眺めた。

「ふうっ」

と大きな息を吐いた。

「光之丈、おまえが研いだ鎌を貸せ」

弦五郎が光之丈の研いだ刃を見て、その刃で柿の葉を鋭く薙いだ。だが、柿の葉は刃に押されて戦《そよ》いだだけだ。こんどは小籐次の研いだ鎌でゆっくりと柿の葉に当て、薙ぐと二つに葉は分れた。さらにもう一度鋭く薙ぐと、こたびもまた二つに切り分けられた。

弦五郎が二人の研いだ鎌を光之丈に付きつけた。

「光之丈、そなたの研いだ鎌は柿の葉を切り分けられず、おまえの朋輩が研いだ鎌はきれいに切れた。技のうんぬんの話ではない。そなたの日頃の態度がかような無様《ぶざま》を見せたのだ。分らぬか」

光之丈は茫然自失して舅が突き出した二つの鎌の刃を手にし、見比べていたが、なにも言わず二つの刃の違いを指先で撫でた。

「今のおまえにはその違いが分るまい。おまえの朋輩が研いだ鎌の刃には道具として魂が込められておるわ。だが、光之丈、おまえの刃はすかすかの鈍ら鎌じゃ。かような鎌を客に納めていたかと思うと恥ずかしい」

と吐き捨てた。

弦五郎は鍛冶場に戻った。

立ち竦んでいた光之丈は、二つの鎌の刃を持って交互に柿の葉を切りつけた。どちらも柿の葉は切れなかった。

「なぜじゃ」

「道具には使う人の気持ちが込められる。道具と人が一体とならなければ、ものは切れぬ。今の光之丈には、どちらもなにかが欠けておる。よい機会じゃ、基から修業をやり直せ」

「わしは未だ半人前以下の鍛冶職人か」

「そうだ、そういうことだ」

光之丈は鎌の刃を両手に持ってふらふらと庭から出ていった。

弦五郎がその様子を見ていたが、なにも言わなかった。

小籐次は山刀を取り上げて研ぎ仕事を始めた。

どんな状況下でも研ぎを始めれば、小籐次は集中できた。淡々と刃と向き合い、刃が、

「ここを研いでくれ」

と命ずるままにその個所を丹念に研いだ。

三

途中で光之丈が小籐次の傍らに戻った気配があった。だが、小籐次は山刀を研ぐ作業を中断することはなかった。

研ぎが一段落したとき、光之丈が小籐次を見ていた。研ぎの手先でも動きでもない、小籐次の顔を漫然と見ていた。

「小籐次、おまえは婿の苦しみが分っておらぬ。まして舅は野鍛冶の親方だぞ、一日じゅう見張られて、一時も息を抜く暇がないのだぞ」

泣きごとだった。

その日の仕事が終ったあと、小籐次は弦五郎親方に許しを得て、光之丈を近くの小さな産土《うぶすな》神社に連れ出した。

小籐次は黙って拝殿に向い、拝礼した。一方、光之丈は黙り込んだままだった。

「光之丈、おれが来たことは要らざる行いであったようだ。おれはそなたの泣きごとを聞きに来たのではない。研ぎ仕事を教えにきた」

「ならば黙って研ぎを教えよ」

「品川に戻る」

光之丈には思いがけない言葉のようで、はっ、として小籐次を見た。

「そなたは来春には父親じゃ、にも拘らず親方の教えが厳しいなどと泣きごとをかよに訴えた、それにおれにも訴えた。何事も一、二年で一人前になるものか。だれもが親方に怒鳴られ、時には殴られて技を一つひとつ身につけていくのだ。そなた、すべてを忘れて親方の言葉に従う気がなければ、あの家を追い出されるぞ。光之丈、品川に戻ったところで、おまえの行く先はどこにもない。そなたがおふくさんといっしょに子を育てていくのは弦五郎親方の家だけだ。そのことを肝に銘じよ」

小籐次は光之丈に言うと光之丈の言葉を待った。だが、相手からなにも返答はなかった。

「光之丈、そなた、おふくさんの気持ちを考えたことがあるか」

小籐次の言葉に、光之丈はふくがなんの関わりがあるという表情を見せた。

「おふくさんは、光之丈と父親の間に挟まれて、どれほど気を遣うているか気付いておるまい。おまえの苦労など比べものにもならぬわ」

「そんなことは考えたこともない」

「邪魔をしたな」

小籐次は小さな神社を出ると、弦五郎親方の家に戻った。

未だ柿の木の下に敷かれた筵の下に研ぎの道具があった。自分の砥石だけを風呂敷に包み、小籐次は背に負った。

家からふくが出てきた。

「品川に戻るの」

「おれは親方の邪魔をしに来たようだ。そなたから詫びてくれぬか。光之丈を気長に一人前に鍛えてくれと伝えてくれ」

小籐次は風呂敷包みを背に負った。

「行かないで下さい。亭主は小籐次さんに見捨てられたら、駄目な人間になります」

「それもこれも光之丈が気付かねば、そなたの親父様が厳しく言おうと、わしが残ろうとどうにもならぬ。今のままではな」

小籐次はふくに一礼すると、雑司ヶ谷村から品川への夜道を辿ることにした。提灯も持っていなかったが、夏の夜だ。辿ってきた道を戻ればなんとかなろうと思った。

だが、やはり知らぬ土地の夜道に迷った。

護国寺の傍らを抜けたまでは合っていた。だが、百人組同心の大縄《おおなわ》地《ち》から江戸川の岸辺になかなか辿り着かなかった。

腹も空いた。

どこぞの寺の山門の下で小籐次は夜を明かすことにした。背に負った風呂敷包みの砥石を足元に下ろし刀を抜くと、二つを両股の間において山門に背を押しつけて両眼を閉じた。

いつしか眠りに落ちていた。

女の悲鳴に眼を覚ました。

最初、どこにいるのかさえ忘れていた。

(ああ、そうか、雑司ヶ谷村から品川に戻る夜道で道に迷ったのか)

と思いだした。

また悲鳴がした。

(おふくの声ではないか)

小籐次は次直を腰に落とすと風呂敷包みを手に声がした方へと急いだ。すると提灯の灯りを黒い人影が囲んでいた。

「なにをするか、金など一文も持ってない」

光之丈の声が人影の中からした。

「女をもろうていこうか」

と野太い声がした。

光之丈とふくがなぜかような場所におるのか、と小籐次は訝しく思った。

「亭主はどうする」

「口を塞ぐのじゃ」

野盗の群れに光之丈とふくが囲まれていた。

「頭《かしら》、女は腹《はら》に子を孕んでおるぞ」

「それもまた一興、皆で回したあとに始末するか」

頭の言葉に手下が、笑った。

「こ、殺すなら、わしを殺せ。おふくは見逃してくれ」

光之丈の哀願する声が野盗の向こうからした。するとまた笑い声が起こった。

小籐次は、光之丈とふくが小籐次を連れ戻しにきて野盗どもに捉《つかま》ったか、と思い当たった。

野盗の一人は六尺棒を手にしていた。

小籐次がその背後に忍び寄ると気配に気付いたか、振り返った。

手にしていた風呂敷包みをその者の顎に喰らわせた。中に砥石が包み込まれているのだ、がつん、と音がして仲間の体にぶつかって二人して吹っ飛んで転がった。

小籐次はその前に手から離れた六尺棒をつかみ取っていた。

「どうした、壱造」

声がして野盗が小籐次を見た。

そのとき、小籐次は砥石を包んだ風呂敷包みを地面におくと、六尺棒を両手に構えて素振りをした。

「何奴か」

野盗の頭分が手下らの間から姿を見せた、巨漢だった。その背後に裾を乱したふくと光之丈が地面に転がされている姿がちらりと見えた。光之丈は寺侍時代の刀を一本差しにしていた。

「盗人じゃな」

小籐次が大男の頭分に応じた。

「盗人と抜かしたか、われらは関八州を旅する無頼者じゃ、おのれ、壱造になにをした」

「壱造かなにか知らぬが、六尺棒を借り受けた」

「なにっ、われらと争う気か。われらは壱造を抜いても六人おる。あの者たちといっしょに口を封じてやろうか」

「できるかできぬか試してみるか」

小籐次は六尺棒を脇剣の一手竿突きの構えにとった。

「身の程も知らぬ小男が。六太郎、たたきのめせ」

と腹心の手下に命じた。

頭分以外の五人がそれぞれの得物を構えた。刀もいれば長脇差もいた。と思えば手槍や長刀を構える者もいた。

小籐次はすぐにまともに武術の稽古をした者がいないことを見抜いていた。

「ようもこの手合いを手下に無頼稼業を続けてきたな、江戸では通じぬ」

「おのれ、小僧が」

六太郎が長刀を振りかぶって小籐次に斬りかかってきた。

その瞬間、小籐次の六尺棒が眼にも留まらぬ速さで突き出されて、六太郎の鳩尾辺りを強打して後ろへと飛ばしていた。

それが乱戦の始まりだった。

小籐次が残った四人の手下たちに向って踏み込み、六尺棒で突き、払い、殴りつけて元の場所に飛び下がったときには、四人が悶絶したり、呻き声を上げたりしてその場に倒れていた。

残ったのは巨漢の頭分だけだ。

小籐次が頭分を睨みながら、

「おふくさん、体のやや子にさわりはないか」

と尋ねていた。

「小籐次さん、だ、大丈夫です」

「それはよかった」

「おのれら、知り合いか」

頭分が驚きの言葉を漏らした。

小籐次の注意が野盗の頭分に注がれた。

「おのれ」

巨漢の頭分が腰の一剣を抜いた。刃渡り二尺八寸はありそうな豪剣だ。

「小僧、侍か」

頭分が小籐次に聞いた。

「西国大名家の厩番ゆえ、侍と呼ばれるのはいささかこそばゆい」

「厩番じゃと」

「独活《うど》の大木、そなたの出はなんだ」

「鹿島神伝一刀流免許皆伝蓬田《よもぎだ》儀助」

と名乗った。

「大仰な名乗りじゃな、真《まこと》かどうかみてみようか」

小籐次は次直を抜く気はない。

品川の騒ぎのあと、父親の伊蔵に、

「人を殺めれば次にはそなたの命が狙われる。世間の理はそのようなものだ。無為に人を殺めるものではない」

と諭された。

「小僧、刀を抜け」

「そなた相手に次直は勿体ないわ。だがな、六尺棒を馬鹿にするでないぞ。来島水軍流は、竿使いが技の一つでな」

小籐次は片手に六尺棒を持ち、頭上に立てた。

それを見た蓬田儀助が豪剣を下段に置いた。

なんとも対照的な構えだった。

五尺そこそこの小籐次が六尺棒を大きく掲げるように立て、六尺を超えた巨漢の蓬田が腰を沈めて、下段に剣を構えて、刃を、

ひらり

と上に向けた。

間合は一間と二尺ほどか。

小男の小籐次が片手に持った六尺棒を振り下ろせば蓬田の脳天にあたろう。

だが、六尺棒を振り下ろす間に蓬田が踏み込み、下段の刃が小籐次の下半身を襲えば、六尺棒の打撃より豪剣の刃が小籐次を二つに斬り分けるかもしれなかっ

た。

互いが呼吸を読み合った。

動いたのは小籐次だ。

片手に立てた六尺棒をそよりと斜めに下ろすと、ぐるぐると回転させ始めた。

機先を制せられた蓬田は、下段の刀を振り上げる機会を失した。

その間に小籐次の六尺棒の回転は速度を上げ、今や、
ぶんぶん
とうなりを響かせていた。

蓬田は立ち上がろうにも頭上を六尺棒の回転に塞がれて身動きがつかなかった。

そこで蓬田は、立ち上がる振りを小籐次に見せて、腰をさらに沈めた姿勢で下段の剣を小籐次の膝へと斬りつけた。

小籐次は六尺棒を回しながら飛び上がり、刃を躱《かわ》すと、回転する六尺棒を蓬田の鬢《びん》へと叩きつけた。

ぐしゃ
と鈍い音がして蓬田儀助の体が地面へと押し潰されて悶絶した。

「来島水軍流水車」

という言葉が小籐次の口から洩れた。

蓬田の手下のうち三人ほどが意識を取り戻していた。

「江戸にはおれ程度の技量の持ち主は山ほどおる。そなたら、頭分を連れて在所に戻れ」

小籐次は六尺棒を投げ捨て、地面に置いた風呂敷包みを拾った。

「小籐次」

光之丈が言った。

小籐次が光之丈を見ると、

「すまん」

と言った。

「そなたら、なにしに参った」

「わしが心得違いをしておった、おふくに言われて気付いた。戻ってくれ、わしに研ぎ仕事を教えてくれ。真剣に学ぶゆえ頼む、小籐次」

「詫びるべきはおれではなかろう、おふくさんではないか」

光之丈はふくに言われて小籐次の親切に気付いたか、ともかく二人で迎えに来て奇禍《きか》に遭ったようだ。光之丈が、

「おふくに懇々《こんこん》と言われた。小籐次さんを失くせば一生の悔いを残すとな。頼む、雑司ヶ谷に戻ってくれ」

二人が地面に座って頭を下げた。

「そなた、寺侍土肥光之丈のつもりでおふくさんの婿になったか」

小籐次が光之丈に歩み寄ると、腰の刀を鞘ごと抜いた。そして、寺の山門前に立てられた寺名の石柱に鞘ごと叩きつけて曲げた。

「そなたは雑司ヶ谷村の野鍛冶の弟子光之丈、おふくさんの婿の光之丈だ。品川のことは忘れよ、忘れられるな」

「小籐次、野鍛冶として頑張る」

光之丈が言った。

「よし、雑司ヶ谷に戻ろうか」

と小籐次が言い、光之丈とふくが立ち上がってお互いの裾の泥を払い始めた。

数日後、少しずつだが光之丈の研ぎの動きが安定してきた。そして、なにより必死になって野鍛冶を修業する気配が見えた。

小籐次は、弦五郎が造る鎌や鍬などの農具を研いだ。研ぐことで光之丈に、

「研ぎとはどういう勤めか」

ということを教えた。

小籐次が雑司ヶ谷村の弦五郎の家に寝泊まりし始めて五日が過ぎた。

その日、鬼子母神の前にある野鍛冶仲間から弦五郎のところに、

「仕事を手伝ってくれ」

との願いがあった。

鬼子母神の祭礼で売る農具の註文を受けたが一人ではとても出来る数ではないというのだ。

小籐次は相変わらず柿の木の下の研ぎ場で仕事を続けていた。

羽織を着た中年と、もう一人仕事着の男が弦五郎に願っていた。

「鎌を二百だと、そんな数がどこではけるだ」

「だからよ、弦五郎親方、夏祭の七月に売ってよ、売れ残ったら十月の御会式《おえしき》の三日間で売るというんで、それだけの数の註文だ」

職人仲間の男が弦五郎を説得するように言った。

「いくら御会式に人が集まるからといってよ、農具はそう売れるもんじゃやねえ。鶴吉親方、あんたのところも野鍛冶は昔ながらに一つひとつ丁寧に造っておるだ、

だから、この界隈の百姓衆が買って下さるだと。それを夏祭や御会式で売るだと、値はいくらだ」

鶴吉親方と呼ばれた男が弦五郎の耳元で囁いた。ゆえに小籐次にも近くにいた光之丈にも値は聞こえなかった。

「鶴吉さん、そりゃ、無理じゃ。わしのところではできねえ」

弦五郎が鶴吉に言い、羽織の旦那が、

「弦五郎さん、そうかたいことを言わんで、皆に付き合って鬼子母神の祭礼を盛り上げてくれんか。あんたのところもおふくの妹が嫁に行く費《つい》えだって稼ぎたかろうじゃないか」

「丸池の旦那、うちは半人前の婿とこつこつとした仕事しかできねえ。そんな註文は受けられないだ」

弦五郎は羽織の旦那にもはっきりと断わった。

羽織が不意に小籐次を見た。

「ありゃ、だれだ」

「婿の昔馴染みだ。研ぎを教えに品川から来てるだ」

「弦五郎さ、二人も手伝いがいるでねえか、仲間を手伝わないいわれはなかろう」

羽織の旦那が弦五郎に視線を戻して嫌みを言った。

だが、弦五郎はうんとは決して返事をしなかった。

羽織の旦那がぷんぷん怒り、弦五郎の家を出ていった。鶴吉が羽織の旦那を気にしながらも残った。

「鶴吉親方、こいつはあやしい話だ、手を引いたほうがいい。職人仕事に大儲けはねえだ」

弦五郎が引導を渡すように仲間の鶴吉に言った。

四

その日の仕事が終わったあと、道具を片付けながら小籐次は光之丈に聞いた。

「光之丈、羽織の旦那はだれだ」

「鬼子母神の門前で昔から農具を扱ったり、あれこれを売る丸池の為右衛門《ためえもん》さんだ、まあこの界隈の顔役の一人だ。先代までは羽振りがよかったそうだが、ここんとこ商いが左前になっているんだ、遊び好きが祟《たた》ったと皆がいうておる。で、あれこれと手を出して儲け仕事を企てているのだ」

「安い農具を大量に造ってどうする気だ」

「鬼子母神の祭礼だけではねえ、この界隈の祭で売ろうという魂胆だ。鶴吉親方はうちの親方と違い、道具の出来が良くない。そこで丸池の旦那は、一枚うちの親方を嚙ませようという考えだろうな」

小籐次は弦五郎ならばそのような怪しげな話に乗るまいと思った。

「おふくの妹の嫁入りの金が要るとはどういうことか」

「ああ、あの話か。丸池の旦那がおみやに目をつけて、あれこれ嫁入りと称して妾話を持ち込んで来るんだ」

「なぜ弦五郎親方は丸池の旦那との付き合いを断わらぬ」

「小籐次、江戸外れではな、昔からの知り合いだ。嫌な奴だと思っても付き合わざるを得ないのだ。それに」

と言いかけた光之丈が話の先を続けるかどうか迷った。

「途中で止めるな、最後まで話せ」

「うん、何年も前のことだ。おふくが嫁に行ったな。だが、おふくは出戻ってきた。その仲立ちをしたのが丸池の旦那だ。おふくの嫁入り先は小石川村新田の名主の家だとか。戻されたとき、話を付けたのも丸池の旦那だ。その折、丸池の旦那がいうには相手に結納金の一部をよ、旦那が返したというのだが、なんとも分らない話だ」

「光之丈、おふくさんの考えで嫁入り先から戻ってきたのか」

「違う、家風に合わないと姑にいびり出されたのだ」

と言った光之丈が、

「あんな家で一生暮らすより家に戻って、独りで生きていくほうがなんぼか気持ちがいいと言うていた」

「光之丈、そなたはおふくさんとの暮らしに満足しているのだな」

「ああ」

「ならば大事にすることだ」

年下の小籐次の言葉に光之丈は大きく頷いた。

明日には小籐次の雑司ヶ谷村滞在も終わるという日の昼下がり、丸池の為右衛門がこんどは怪しげな男たち三人を連れて、また弦五郎親方に掛け合いに来た。

怪しげな男たちは、懐に匕首を呑んでいたり腰に長脇差を差し落としたりする手合いの半端ものだ。

「弦五郎、鶴吉の造る道具はいい値で売れねえ。おまえも一枚嚙んでくれ」

挨拶もなしに丸池の為右衛門が言った。

「丸池の旦那、先日その話は断わった」

「それが鶴吉じゃだめなんだ」

「旦那、わしには出来ねえ」

弦五郎がはっきりと断わった。

「ほう、弦五郎、勇ましいな。この界隈じゃ、助けられたり助けたりして生きていくのが習わしだ」

弦五郎が鍛冶の手を止めて、丸池の旦那を見上げた。

「先代の旦那は、決してそんな口は利かなかったがな」

「弦五郎、おふくが小石川村新田から出戻ったとき、わしがどれだけ気苦労をしたか承知だろうな。その上に相手方が結納金を戻せというので肩代わりまでしたぞ」

「そんな話は新田の名主さんからも聞いておらん。ふくは相手先の姑にいびり出されてきたんだ。そんな話に勝手に嘴《くちばし》を入れたのは丸池の旦那、おまえ様ではないか」

「言うたな、弦五郎。この書付を見よ」

丸池の為右衛門がなんぞ紙片を突き出して弦五郎に見せた。

「なんだ、こりゃ」

「おまえの親父が、うちの先代から借りた金の借用書だ」

「そんなもの、とっくに支払った」

「ならばこの証文がどうしてうちにある」

「うちの親父と先代の旦那に証文なんぞあるはずもない。それに今ごろ十数年前の書付がいきなり出てくる、おかしな話だ」

弦五郎が突っぱねた。

「小籐次」

光之丈が名を呼んだ。

丸池の為右衛門が連れてきた三人の半端もののうちの兄貴分か、弦五郎が造った鎌を足蹴《あしげ》にして遊んでいたが、その一本を摑むと鍛冶場の板壁に向って投げた。

研ぎの掛かっていない鎌が虚空を飛んで板壁に突き立った。

「ああ」

光之丈が驚きの声を漏らした。

弦五郎は鎌の刺さった板壁から視線を戻すと、

「丸池の旦那といえば鬼子母神の世話方の一人だ、だれもがおまえ様の先代までは立ててきた。だが、今のおまえ様は雑司ヶ谷村の厄介者だ。おまえ様がなにを考えようと勝手だが、うちに関わるのは止めてくれ」

とはっきりと断わった。

丸池の為右衛門が鎌を投げた兄貴分を見た。そいつが二本目の鎌を手にし、言い放った。

「丸池の旦那よ、証文の代わりによ、おみやを連れていくだね。板橋辺りでそれなりの値で売れようじゃないか」

勇気を奮い立たせたか、光之丈が小籐次の傍らから立ち上がった。

「止めてくれ、舅がいうとおりうちには関わらないでくれ」

光之丈の甲高い声に弟分の一人が細い目を向け、

「ほう、おめえが出戻りの婿か。寺侍だったそうだな」

光之丈に嘲るように言った。

「わしがどのような出であろうと関わりはない。そなたら、帰れ。二度と来るな」

光之丈が怒鳴った。

「よし、鍛冶場をぶち壊せ」

兄貴分が言い、板壁に向って二本目の鎌を投げた。それを見た弟分が鍛冶場の隅にあった鍬の柄で弦五郎が仕上げていた鎌を殴りつけた。

「止めよ」

光之丈が叫んで兄貴分のところに駆け寄ろうとするのを弟分が足をかけて転がした。

騒ぎに家からふくとみやの姉妹が姿を見せて、その場の光景に立ち竦んだ。

小籐次が立ち上がったのはそのときだ。ゆっくりと丸池の為右衛門に近付いた。

兄貴分が小籐次の動きに目を止めた。

丸池の為右衛門が手にしていた証文を素早くつかみ取った小籐次は、文面を一《いち》瞥《べつ》し、

「だれがだれに貸したか分らぬ証文じゃな、日付も入っておらぬ」

と呟くと片手で丸めて鞴の火の中に放り込んだ。

「なんて真似を」

と為右衛門が鞴に駆け寄ろうとしたが、もはや書付は焔《ほのお》に包まれていた。

「なにをしやがる」

兄貴分が懐の匕首を抜き放つと、小柄な小籐次の顔に斬りかかってきた。

鋭い斬り付けだったが、小籐次は相手の動きを見定めていた。

振り下ろされる匕首の切っ先から身をわずかに躱し、匕首を握った腕を下から突き上げて抱え込み、敏捷にも腰車にして鍛冶場の外の庭に投げ出した。

うっ

と悲鳴を上げた兄貴分はその場で痛みに動くことができないでいた。

「ああ、やりやがったな」

と残った弟分二人が咄嗟に匕首や長脇差を抜いた。

いつの間にか小籐次の手には兄貴分から奪った匕首があった。

「そなたらではおれの相手にならぬ」

研ぎ屋だと思った男が落ち着いた声で、

「この者を連れて立ち去れ、二度と姿を見せるでない。その折は、この赤目小籐次がそなたらの素《そ》っ首を斬り落とす」

と告げた。

二人が地べたで呻く兄貴分の両腕を抱えて弦五郎親方の鍛冶場から姿を消し、丸池の為右衛門はそっと逃げ出そうとした。

「そなたには未だ用が残っておる」

匕首の切っ先を為右衛門の頬にぴたりとつけ、くるりと手を返した小籐次が柿の木目がけて匕首を投げ打った。

匕首が飛んで柿の幹に突き立った。

だれの目にも最前の鎌の比ではない正確さと鋭さがあった。

ぶる、と為右衛門が身を震わせた。

「おまえは何者だ」

小籐次は、柿の木に歩み寄り、匕首を抜くと立てかけてあった次直を腰に差し戻した。

くるり
と小籐次が為右衛門を振り返った。

「おれか、おれはおふくさんの亭主の昔仲間でな、品川近辺では悪さを繰り返してきた者だ。最前の手合いのように半端ものではないぞ。光之丈は今や弦五郎親方の弟子ゆえ、昔の行状の真似はできまい。だが、おれは、未だ品川では悪で名が通っておる」

小籐次は口から出まかせの放言をした。

為右衛門が体を震わせながらも、

「弦五郎の家となんの関わりがある」

と居直った。

「品川の悪仲間は情け深いのだ。仲間が困っておるとみれば、品川から雑司ヶ谷村に駆け付けるくらい朝飯前のことだ」

小籐次の言葉をどう受け取っていいか、為右衛門が迷った顔を見せた。

「信じられぬか」

「おまえは研ぎ屋であろうが」

「いかにも研ぎ屋だ。だが、相手によっては研ぎ屋ではなくなることもある」

小籐次はそういうと柿の木から抜いた匕首を虚空へと放り上げた。

夏の光に煌《きら》めきながら、力を失った抜身の匕首が地上へと落ちてきた。

小籐次が腰を沈めて一気に備中の刀鍛冶が鍛えた次直、刃渡り二尺一寸三分を抜き上げた。

切っ先が為右衛門の鬢を掠《かす》め、次の瞬間には一条の光になって落ちてくる匕首へと奔《はし》った。

きーん

と刃が刃に当たる音がして、匕首が二つになって為右衛門の足元に落ちた。

「嗚呼」

と為右衛門が押し殺した悲鳴を上げ、

「来島水軍流匕首二つ斬り」

と小籐次の気取った声が弦五郎の鍛冶場に響いた。

もはや丸池の為右衛門のみならず弦五郎も姉妹も口が利けないでいた。

「丸池の旦那、もしこの家にあれこれとちょっかいを致すなれば、わしが表に立つ。相分ったか」

「わ、分った」

「ならば差し許す、去《い》ね」

小籐次の言葉に為右衛門が前かがみになって急ぎ去った。

「ふうっ」

光之丈が大きな息を吐いた。

「小籐次さん」

ふくが名を呼び、

「丸池の旦那はもううちに手出しはしないかね」

と尋ねた。

ふくが小籐次の腕を見たのは二度目だ。だから、他の家族よりも落ち着いていた。

「さあてな、丸池の旦那の後ろにだれぞがいよう。その者次第じゃな」

小籐次は弦五郎を見た。

「おふくが品川の騒ぎをわしに洩らしたことがあったが、あれは真の話だったか」

弦五郎の問いは小籐次に向けられていた。

光之丈は、自慢話にか、ふくに品川の騒ぎを話し、それが父親の弦五郎に伝わったのだろう。

「親方、真の話であった。あの折も小籐次がいなければ、わしら、品川宿を牛耳っていた津乃國屋の一味をやっつけることはできなかった」

小籐次に代わり光之丈が言い、

「小籐次さんが悪い人だなんて思えない」

とみやが洩らした。

「品川の騒ぎのあと、われらはきっぱりと品川村腹っぺらし組を解散した。ゆえにおれもさる大名家の厩番に戻り、親父に叱られながら剣術を仕込まれ、内職仕事に日々勤めておる」

「えっ、お大名の家来が内職をするの」

みやが小籐次を驚きの目で見た。

「家禄の低い大名はみな貧乏だ。まして下屋敷ともなると竹細工をしたり、研ぎ仕事をしたり、なんでもやらされる。それでなんとか三度三度のめしにありつける」

「驚いた、うちといっしょね」

「貧乏の度合いを比べても自慢にはなるまい。だが、一つ言えることがある。光之丈は楽なものだぞ、腕のいい親方の下で、鍛冶仕事の修業に専念すればよいのだからな」

小籐次の言葉に光之丈が頷き、

「おみや、最前の小籐次の言葉は、為右衛門の旦那を脅かす虚言《そらごと》、うそだ」

と言った。

「分った」

とみやが言い、初めて小籐次に心を許した表情を見せた。

「光之丈、板壁の鎌を抜いてこい、使えるかどうか調べよ」

弦五郎親方が仕事の再開を告げた。

小籐次も柿の木の下の研ぎ場に戻ろうとすると、筵の上に差す木漏れ日の下、茶色の仔犬が体を丸めて寝ていた。

「どこから来たのだ」

小籐次の声にふくとみやの姉妹が仔犬に気付いた。

「この界隈に子を産む雌犬がいたかしら」

とふくが首を傾げた。

「いつ、どこから紛れ込んできたのだ」

と小籐次も訝しく思った。

みやが眠り込んだ仔犬を抱き上げて、

「毛が柔らかい」

と言った。ふくも妹の手の中で眠り込む仔犬に触って、

「ほんとだ」

と目を細めた。

「うちには犬を飼う余裕はないぞ」

弦五郎が二人の気持ちを察してか、先回りして言った。

「お父つぁん、どうするのよ」

「流れに沈めよ、腹を減らして生きていくより功徳になる」

弦五郎が言った。

「なにかの縁だ、犬の餌など残り物でよかろう」

光之丈が板壁から抜いた鎌を手に願った。

「師走にはおめえらに子が生まれる」

「それとこれとは別よ」

とふくも言った。

なんとなく弦五郎と三人の家族が対立し、弦五郎が小籐次に助けを求めるように見た。

「親父どの、おれがこの家にいる間は置かせてくれぬか。どうしてもこの家で飼うのがダメなればおれが品川に連れていこう」

小籐次の言葉に弦五郎も逆らえず、

「そなたがいる間だ」

としぶしぶ許しを与えた。

五

数日後、柿の木の木漏れ日の下に小籐次の姿はなかった。

ただアカと名付けられた仔犬が筵の上に眠っていた。その傍らに縁の欠けた茶碗に水が入っているところを見ると、弦五郎の家で飼われることになったのだろう。

弦五郎と光之丈がいつものように親方と弟子の二人になって鍛冶仕事をしていた。

ふくとみやが洗濯物を庭の一角に干すために姿を見せて、アカの姿に視線をやった。アカは無警戒にも腹を出して幸せそうに寝ていた。妹が、

「江戸って、品川って遠いの」

「さあ、私だってこの界隈しか知らないもの。ほんとの江戸がどんなところか見

海はまるで違う景色を見せてくれた」

　と姉が答えた。

「品川はな、御城よりもっと南のほうに行ったところだ。東海道の最初の宿場が品川だ。わしらは、街道の奥に入った武家地と寺町の交じり合うところに住んでおった。高台から江戸の内海がちらちらと見えた。朝ぼらけの海と夕日を浴びたこともない」

　と光之丈が答えた。

「義兄《あに》さん、品川には海があるの」

「おみや、芝から品川宿には東海道が海沿いに走っている。品川宿は旅人を見送ったり、出迎えたりする人でいつも賑わっている宿場だ」

「品川か、行ってみたい」

　とみやが呟いた。

「やっぱり小籐次さんがいないのは寂しいわね」

　ふくの言葉に光之丈が、ああ、と答え、

「一月後に様子を見にくるそうだ」

「様子って」

「わしがちゃんと鍛冶仕事を修業しているかどうかをだ」

と苦笑いをした。

「小籐次はわしより四つも年下だ。だがな、あいつの前に出るとわしのほうがずっと子どものように思える。なぜであろうか」

と自問した。

「なぜかしらね、はっきりしているのは、私たちより小籐次さんは勇気があって賢い人ということよ。それに情に厚い」

ふくの言葉に光之丈が大きく頷き、これまで隠し持ってきた五両三分の持ち金をふくに渡そうと決めた。小籐次のいうように、

「わしの家はここしかないのだ」

と改めて思った。

「弦五郎親方」

と家族の想いを絶つ声がした。

弦五郎と同業の鶴吉だった。その鶴吉の顔には青あざがいくつもあって、無残に腫れあがっていた。

「どうしたのだ、その顔は」

弦五郎が鶴吉に聞いた。

「丸池の旦那に騙された。あいつはおれが造る鎌に難癖つけては、出来上がった傍から持っていくだけで、約束した手金も渡してくれぬ。銭を払ってくれと願ったら、旦那に従っている男たちに殴られた。旦那はそれを笑って見ているばかりだ」

「だから言ったでねえか」

「弦五郎親方、騙されてただ働きしているのはおればかりじゃない。この界隈の鍛冶屋は旦那の口車に乗せられただ」

「言わんこっちゃねえ」

「騙された」

と鶴吉が繰り返し、柿の木の下を見た。

「あの小さな研ぎ屋はどうした」

「江戸に、品川に戻った」

「嗚呼」

と鶴吉が小籐次を頼みにしてきたようで嘆きの声を上げた。

「わしの言葉を聞かんからそうなる」

「親方、おまえのところだって安心はできねえぞ」

「なぜだ」

「丸池の旦那は、おめえの腕に目をつけておるだ。それに」

と鶴吉が途中で言葉を止めた。

「どうした、言い掛けて途中で止めるでねえ」

「旦那は娘のおみやを狙っているだ」

「なんだと、そんなとぼけた、理屈に合わぬ話があるか。丸池の旦那がうちの娘になんで手を出せる」

「旦那の後ろにいるのは、下高田村のやくざ、馬場《ばんば》の繁蔵親分だとよ。この前、あの研ぎ屋が痛めつけた子分たちも馬場の繁蔵の手下だ」

と鶴吉が言い、弦五郎の家に重苦しい沈黙が漂った。

馬場の繁蔵はこの界隈の顔役で祭礼やら金が動くところには必ず顔を突っ込み、みかじめと称した金を荒っぽい手を使って持っていく男として知られていた。

昔、草相撲の大関を張っており、体が岩のように大きかった。それにこの界隈を縄張りにする御用聞きの下戸塚村の千造と陰で手を結んでいるとかで、繁蔵の悪行を千造親分に訴えても握り潰されるばかりか、あとで馬場の繁蔵の手下が押しかけてきて、さらに嫌がらせをするのは知られていた。

「馬場の繁蔵に丸池の旦那は弱みを握られたか。そのうち丸池も乗っ取られて潰れるな」

「どうする、親方」

弦五郎は柿の木の下の筵に眠る仔犬を見た。

もはや頼りになる小籐次は品川に戻った。なにより小籐次がいたとしても一人では相手が相手だ。どうにもなるまいと思った。

「手はねえ」

「このままいけばうちは潰れる、まんまの食い上げだ。娘だって未だ三つと五つだ」

鶴吉が呻いた。

「おまえは娘を売る気か」

「そうでもしなけりゃ、一家で首吊りだ」

鶴吉は柿の木の太枝を見上げた。

「ばかな真似はうちでやるな」

弦五郎が鶴吉を叱り、

「鶴吉、雑司ヶ谷は御府内だ、つまりは江戸だ。町奉行所に訴えたらどうだ」

「一人でか」

鶴吉がとんでもねえという顔で弦五郎を見た。

江戸府内の概念は曖昧だった。

徳川幕府が始まって百八十余年も過ぎると、関八州を中心に江戸へ流れ込む人が増え、江戸の膨張が続いていた。ために無造作に住人が増え続け、武家地、町屋、百姓地が入り組んできた。

幕府では明和二年（一七六五）に、

「御城を中心に四里四方を以て江戸の内」

と実に曖昧な江戸ご府内についての触れを出した。小籐次が雑司ヶ谷村に姿を見せたと同じ頃の天明八年（一七八八）、江戸払いの境界を、

「品川、板橋、千住、本所、深川、四谷の外」

とこれまた漠然とした、

「江戸」

を規定した。

江戸の境界として御朱引の触れが公儀から出されるのは文政元年（一八一八）

とだいぶ後年のことだ。

ともかく雑司ヶ谷村は御城から見て四里以内、板橋宿より内側に入った江戸御府内だ。だが、この御府内を管轄する町奉行、勘定奉行、寺社奉行の職掌がはっきりとせず、御城から離れた雑司ヶ谷村のようなところでは、馬場の繁蔵のような遊び人がはばを利かせていた。

「どうするの」

「研ぎ屋はもうこねえか、光之丈」

「来るとしても一月後だ」

「ああ、だめだ」

鶴吉が悲鳴を上げ、頭を抱えてその場を去って行った。

しばらく沈黙が続いた。

アカが目を覚まし、筵の上で伸びをした。

「アカ、どうすればいいの」

みやが仔犬を両手に抱き上げて尋ねた。アカはみやの不安顔を無心に舐めた。

「おみや、しばらく一人で動いちゃならねえ」

弦五郎が言った。

「しばらくっていつまでよ、お父つぁん」

弦五郎がみやの問いに答えることが出来ず、

「当分だ」

と曖昧な答えをした。

「おまえさん、小籐次さんを呼び返すことはできないの」

ふくが光之丈に願った。

「あいつだって、下屋敷の奉公者だ。親父は厳しいしな、内職仕事も待っておる。直ぐには動くことは出来めえ。ともかくおみや、独りで買い物なんぞに行くでない」

光之丈が義妹に言った。

なんの手立ても策も思い付かない男たちを諦め顔で見た姉妹は、裏庭に洗濯物を干しに行った。

二人の黙々とした作業がしばらく鍛冶場で続いた。

「精出るだね」

鍛冶場に姿を見せたのは、巣鴨村の植達こと植木職の達吉だ。長年、植達では弦五郎親方の造る道具で仕事をしてきた。

「親方、道具の具合が悪い、見てくれねえか」

と長年使い込んだ剪定鋏《せんていばさみ》を出した。

「貸してみな」

弦五郎が剪定鋏を受け取り、

「留め金が傷んだだな、新しいのに替えようか。ちょいと待ってくんな」

と手際よく留め金の螺旋《ねじ》を外した。

「親方、おれは長年親方の道具で仕事をしてきた」

植達は、ぼそりと当たり前のことを言った。

「まさか仕事を畳むってことはないよな」

弦五郎が作業の手を休めて植達を見た。

「うん、そうじゃねえよ」

歯切れの悪い返答だった。

「どうしなさった、植達の親方」

「もはやおめえさんの道具を使うことはできねえ」

「ほう、弦五郎も長年の贔屓《ひいき》に見放されたか」

「そうじゃねえや」

植達が力なく答えた。

「親方、馬場の繁蔵親分が、この界隈の職人衆や百姓に親方の道具を買っちゃならねえ、と子分どもを使って脅し歩いているんだよ。おれの得意先の旦那が馬場の繁蔵の博奕場に出入りして借財をこさえて返せないてんで、一家は夜逃げする羽目になった。馬場のやり口は血も涙もねえほど阿漕《あこぎ》だ。うちだって、どんな難癖をつけられるかもしれねえ。すまねえ、親方」

「そういうことか。最前も仲間の鶴吉が顔に青あざを作って泣きごとを言ってきた。どうやらうちを兵糧攻めにする気だな」

弦五郎は剪定鋏の留め金を新たに付け替えて、植達に渡した。

「しばらく風が鎮まるのを待つしかあるめえ」

「風が鎮まるかね」

植達が懐から巾着を出し、修繕代を払おうとした。

「おれが鍛えた道具の修理に銭がとれるものか。これが最後と思うと寂しいがね」

「すまねえ」

「何度も謝るこっちゃねえや。丸池の旦那も馬場の繁蔵にいいように使われているようだな」

「為右衛門の旦那も明後日の鬼子母神の夏祭が最後だな、繁蔵に食い荒らされて沽券《こけん》はすべて取り上げられたって話だ。使い捨てにされてよ、田畑と屋敷は取られるだ」

「そうか、丸池の旦那もそんな具合か」

ああ、と言い残して植達が戻って行った。

弦五郎はしばらく仕事の手を止めて考え込んでいた。

「親方、小籐次を呼び返しに品川へ行ってこようか」

「いつまでも他人様に頼るわけにもいくまい」

「といってどうするよ」

光之丈の問いに弦五郎はなにも答えなかった。

「新しい道具を造っても祭礼でも売れないわけだな。こんどの鬼子母神の祭だって馬場の繁蔵が仕切っているだろうが」

「御会式もだめだ。職人衆も百姓衆の直註文もあるめえな」

「どうするよ。鍛冶場を畳むか」

「鍛冶職人が鍛冶場を畳んでどうするだ」

「造っても売れなきゃあ、めしが食えない道理だ」

弦五郎は長いこと考え込んでいたが、

「馬場の繁蔵の縄張り外に売りに行くだ。根津権現辺りまでいけば、なんとかなろうじゃねえか」

「土地の親分がいようが」

「そやつらになにがしか払っても生きていくくらいは稼げよう」

光之丈がしばらく思案して言った。

「よし、おふくといっしょにわしが売りに行こう。根津でダメならば品川に遠出する。品川ならば小籐次もいるものな」

光之丈の言葉に少しだけ元気が戻っていた。

「品川になにを売りに行くの」

洗濯物を干していたふくが鍛冶場に来て亭主に聞いた。

「わしとおふくでよ、うちで造った道具を背負って馬場の繁蔵の縄張り外の土地に売りに行くのだ」

光之丈の言葉にふくがしばらく考えていたが、

「植達の親方、お父つぁんの道具を使えないって断わりに来たの」

「ああ、馬場の繁蔵に脅されたそうだ」

光之丈は植達の親方が話したことをふくに告げた。

ふくはふっくらとしてきたおなかを手で触りながら話を聞いていた。

「致し方ないわね、雑司ヶ谷から離れたところで商いが出来ればいいけど」

「土地の親分になにがしか取られても馬場の繁蔵ほど阿漕な真似はすまい。御城近くだと町奉行所の目も光っているからな」

「そうだといいけど」

ふくがいうところにアカだけが走り戻ってきて、筵の上に座り込んだ。

「アカ、おみやはどうしたの」

ふくが聞いた。仔犬が答えるはずもない。

話はそれだけで終わった。

光之丈は、アカの寝る筵に研ぎ場を設えて、小籐次に教えてもらった手順と遣り方で鎌を研ぎ始めた。

ふくが亭主の仕事をする傍に膝をついてアカを撫でた。

「よその市に行って、お父つぁんの造る道具が売れるかしら」

「親方の造る道具はどこに出しても引けはとらない。目利きの職人は江戸の真ん中に住んでいるんだ。この界隈で長年の馴染みを相手に註文だけで商うより売れるかもしれぬぞ」

「そんな甘くはないと思うけどな」

ふくが言った。

「一年にお父つぁんが造る道具なんて数が知れていたわ。それをお馴染みさんが付け買いして秋口に代金を支払ってくれる。今年は馬場の繁蔵が牛耳っているようだとダメね」

「道具を納めても金を払わぬというのか」

「だって植達の親方のところに脅しが行っているんでしょ。うちと関わりがあるところにはすべて繁蔵の子分が回っているわ」

光之丈はそこまでとは考えもしなかった。

「夏は越せても秋は苦しいわ。生まれてくるやや子の産着の一枚もなんとかしてやりたい」

ふくが暗い顔をした。

「おふく、これを渡しておく」

光之丈が古布に包んだ金をふくの手に渡した。研ぎ場を拵えたとき、部屋から持ち出してきたのだ。

「なに、これ」

「品川の騒ぎのことで、まだおふくに言ってないことがあった」

光之丈は親方を気にしながらも、品川の騒ぎの混乱の中で用心棒から新八が奪ってきた金子に、小籐次の手に入れた金を足した四十両を七人の仲間で等分に分けたことをふくに告げた。

「小籐次はわしにこの金を持って雑司ヶ谷村の野鍛冶の家に婿に行け、というた」

ふくが古布を開いて小判を確かめた。

「五両三分なんてうちにあったためしはないわ」

そのとき、裏庭からみやの悲鳴が響き渡った。

「おみや!」

光之丈とふく、それに弦五郎が裏庭へと走った。

洗濯場にみやの草履が片方脱げ落ちていた。だが、みやの姿はどこにもなかった。

「おみや!」

弦五郎の悲痛な声が雑司ヶ谷村の昼下がりに響き渡った。

アカは事情が分らないままその辺りを走り回っていた。それがふくに妹が攫《さら》われたことを思い知らせて、堪らなく哀しかった。

第二章　虚ろな風

一

いつ間にか、夏の夕暮れが近づいていた。

光之丈はようやく考えが纏まった。

「おふく、わしは丸池の為右衛門の旦那を訪ねて、おみやの行方を聞いてくる」

「丸池の旦那は知らぬ存ぜぬで押し通すに決まっているぞ」

「親方、他に手立てがあるか」

光之丈も弦五郎も下高田村の馬場の繁蔵一家が関わっていると感じていた。だが、二人には下高田村を訪ねる勇気がなかった。

「おまえさん、私も行く」

　ふくが言った。

「植達の親方も馬場の繁蔵に脅されているというた。おれに言うことを聞かせようとおみやを攫ったに相違ない」

　弦五郎がだれの胸にもあることを繰り返した。

「丸池の旦那に聞けばそのことがはっきりしよう。明後日は夏祭だ、ならば繁蔵の手下たちも鬼子母神に集まってショバ割りをしているに相違ない」

　と光之丈が言い、ふくが頷いた。


　雑司ヶ谷村の鬼子母神は、江戸でも霊験《れいげん》あらたかな神社として参詣が絶えない場所だった。法明寺《ほうみょうじ》の子院大行院《だいぎょういん》の別当であり、祭神の鬼子母神は一名訶梨帝母《かりていも》天《てん》と称した。

　参道には大銀杏《おおいちょう》の木があって子授け銀杏といい、ふくが懐妊する前、光之丈とふくは大銀杏に祈願に行っていた。

　鬼子母神を囲むように参道には多くの料理屋や土産物屋があった。麦藁細工の角兵衛獅子、風車、川口屋の飴などが参詣客に売られていた。また詣でた客相手に酒食を供する店も多数あった。

馬場の繁蔵は鬼子母神に集まる大勢の参拝客相手に商いをする店を己の縄張り内に置き、ゆくゆくは江戸の参拝客相手に賭場を開くことを目論《もくろ》んでいるという噂が絶えなかった。

光之丈は繁蔵がいよいよ動き出した、と思った。弦五郎への脅しもみやのかどわかしもその一環だと思っていた。品川の騒ぎから学んだ知恵だった。

すでに参道ではショバ割りが始まっていた。

弦五郎の家でも造った農具を毎年の祭礼で売ってきた。だが、今年はどうなるか考えもつかなかった。

光之丈とふくは、鬼子母神の本殿にみやの無事を祈願して、丸池の為右衛門の家へと向った。

鬼子母神の裏手にも料理屋や土産物屋が集まっていて、その一軒が為右衛門の家だった。

玄関先に家紋を染め出した垂れ幕がかかっていたが、それはすでに馬場の繁蔵一家のそれと変わっていた。

二人が表口に立つと中から繁蔵の子分と思える男たちが二人を睨んだ。その中には小籐次に痛めつけられた者もいた。

「なんだ、光之丈」

一人が質《ただ》した。そして、二人に小籐次が伴っているのではないかという警戒の顔で夕闇の表を見た。

「二人だけか」

光之丈が頷いた。すると相手が勢い付いた。

「あの研ぎ屋はどうした」

「品川に戻った」

「ふーん、あんときは油断した。なにか用事か」

「丸池の旦那に会いたい」

「為右衛門はもうこの家にはいないぜ。下高田村の親分の家に移った」

「移ったとはどういうことだ」

「丸池の旦那じゃ、鬼子母神の祭礼は取り仕切れねえ。だからよ、親切にもうちの親分が丸池の後見を買って出なさったんだ。為右衛門に会いたきゃ、下高田村に行くことだ」

丸池はすでに馬場の繁蔵に乗っ取られていた。だが、代々丸池が顔役や世話方を勤めてきたことを考えて名だけを残し、実際はこの夏祭から馬場の繁蔵が鬼子母神の祭を仕切るつもりだと光之丈は思った。

ふくが為右衛門の家の奥を覗いた。

「おふく、なにか探し物か」

小籐次がいないことを知った子分たちは、二人の訪《おとな》いの理由を承知でからかい半分に相手していた。

「おみやはここに連れ込まれていないの」

「なにっ、おみやが連れ込まれていないかだと。おまえの妹ならば家にいるだろうが。ここに来てもお門《かど》違いだぜ」

兄貴分がせせら笑った。

光之丈が勇気を出して尋ねた。

「おみやを攫ったのはおまえ方か」

「おいおい、言うに事欠いておれたちに因縁を付けようというのか。おれたちの仕事は明後日からの祭のショバ割りだ。おめえのところも道具を出すんなら、どこぞに割り振ってやろう。そうだな、もう外れしか残ってねえがな」

光之丈が、畜生、と罵り声を上げた。

「光之丈、喧嘩を売る気か」

兄貴分が二人の前に立った。

「光之丈、おふく、長いものには巻かれろって、言葉を知らないか。帰ってな、弦五郎に伝えな、親分の言いなさるとおりに道具を造ったらうちに納めるんだ。そしたら、売った分の金を渡すと言うているのが聞けないか」

「鶴吉親方のところに一文も払ってなかろう。この界隈を馬場の親分が乗っ取る気か」

いきなり兄貴分が光之丈の頬べたを張り倒し、悲鳴も上げずに光之丈が横倒しに倒れた。

「お、おまえさん」

ふくが光之丈の倒れた体に縋りついた。

「いいか、弦五郎がいつまでも頑固によ、親分の言葉を聞かないのなら、おみやは、いつになっても帰らないぜ」

「やっぱり、おまえたちが妹を攫っただね」

「おふく、そんなことは知らねえ。おれは世間の道理を伝えているだけだ。帰りな、帰りな」

光之丈とふくは、裾の泥を払って立ち上がった。近所の店の者たちが二人を見ていたが、声を掛ける者はいなかった。

歯ぎしりする想いで、二人は再び鬼子母神の拝殿前に戻った。しばらく考えていたふくが、

「お百度を踏む」

と言い残し、草履を脱ぐと社前の石畳を往復し始めた。

このお百度詣りは、この鬼子母神を以て始まりという。

鬼子母神の相殿《あいでん》の祭神は、鬼子母神の夫である円満具足天《えんまんぐそくてん》と、その子、十羅刹女《じゅうらせつにょ》であった。この十羅刹女を始めとして千人の御子に願い奉る気持ちを込めて十と千の間を選び、百度詣りと称するようになった。

ふくは、妹の無事を祈って石畳の参道をひたひたと足音をさせて往復していた。

光之丈は、ただ言葉もなくふくの行動を見ながら、無力感に苛《さいな》まれていた。

参道の両脇の店からもふくの百度詣りを眺める者がいた。だが、馬場の繁蔵を恐れてだれも声を掛ける者はいなかった。

「光之丈さんよ、なにがあっただ」

本殿の暗がりから声が掛かった。振り向くと鶴吉が立っていた。

「おみやが攫われた」

「馬場のところだぞ。こんなところで百度を踏んでもどうにもならぬ」

鶴吉が歩み寄り、光之丈の体の陰に隠れるようにして立った。

その体から酒の臭いがした。

「夏祭は明後日というのに鶴吉親方は酒に酔うておるのか」

「仕事をしても一文にもならぬ。酒でも飲まぬと憂さ憂さした気持ちが晴れねえ」

「酒でなにかが変わるもんでもあるめえ」

「繁蔵の仕打ちは一時忘れることができるぞ」

「酔いが覚めればいよいよ辛くなる」

「ならばどうしたらいいだ。夏祭、御会式を馬場の繁蔵が仕切れば、鬼子母神界隈の商人も百姓もおれたち鍛冶もみんな、馬場の繁蔵に泣かされ続ける」

鶴吉は自棄《やけ》になっていた。

光之丈は頭の中に考えが浮かばなかった。

どさり
と音を立てて、鶴吉が拝殿の階《きざはし》下の暗がりに座り込むように酔い潰れた。

「どうにもならねえ」

光之丈は、ふくを見た。

ふくはひたすら妹みやの無事を祈願していた。だが、みやを取り戻したところで、この界隈が救われるわけではないと光之丈は思った。

(どうすればいい)

「光之丈さんよ」

大銀杏の陰から声がかかった、女の声だ。

振り向くと姑のいちが手招きしていた。

「どうした、おっ義母《か》さん」

「光之丈さん、耳を貸せ。下高田村の連中に知られちゃならねえ」

姑が言うと光之丈の耳元に何事か囁いた。

「真か、おっ義母さん」

「嘘言ってどうなる。おまえに言付けだ。よう聞け」

「ああ」

少しばかり元気になった光之丈にいちが言付けを伝えた。

「分ったな」

「分った」

と答えた光之丈が、

「おっ義母さん、わしはまだ雑司ヶ谷村を知らねえ、頼りになりそうな若い衆だが、最初にだれに会えばよい」

いちがしばらく考えて、

「麦藁細工の職人金太郎だな、金太郎は御会式の若衆頭を去年も今年も勤める。金太郎の店は、ほれ、あそこだ」

と参道の向こう側を指した。

「よし、金太郎に話してみる」

頷いたいちがふくの百度詣りに加わった。

それを見た光之丈は、参道に馬場の繁蔵の手下たちの姿がないことを確かめ、櫟《いちい》の木の下に俵のようなものが置いてある金太郎の家へとそっと歩み寄った。

俵は麦藁細工の角兵衛獅子を突き刺す藁俵だ。

鬼子母神名物の麦藁細工の角兵衛獅子は、その昔、高田四ッ家町に住まいする粂女《くめ》という名の女の考えたものという。家は貧乏であったために粂女はおのれの力の足りなさを嘆き、鬼子母神に詣でて訴え、祈願したところ、思い付いたことがあったという。

麦藁を使って手遊《てすさ》びの角兵衛獅子の形を作り、これを境内で売り出したところ、参拝記念に買って行く者が多く、そのために貧しい家が栄えて、母にも孝行が出来た、と言い伝えられていた。

金太郎の家は粂女の末裔《まつえい》だという。

すでに表戸は閉じられていたが、中には人の気配がした。

光之丈がとんとん、と軽く木戸を叩くと、だれかと誰何する声がした。

「鍛冶屋の弦五郎の婿の光之丈だ」

「なに、弦五郎さんの婿じゃと」

戸が開き、光之丈が敷居を跨ぐと金太郎一人ではなく、仲間か、二人の若い衆が手伝って麦藁で角兵衛獅子の細工ものを作っていた。夏祭の祭礼に来る参拝客に売る品だろう。

金太郎は光之丈とは顔見知りでほぼ年齢も同じだった。他の二人は二十歳前後だろう。

「忙しいときにすまねえ」

「忙しいたって儲けはだれかが吸い上げていくだけだ」

金太郎が嘆いた。

「その一件で金太郎さんに相談があってきた」

光之丈は顔の知らない仲間二人を気にした。

「この土地生まれの者ばかりだ、おれに相談する話ならば、菊治と米三に聞かせても心配ねえ」

金太郎の言葉に光之丈は頷いた。

「まずわしの家の事情を聞いてくれぬか」

と前置きした光之丈は、丸池の為右衛門が持ち込んできた話からみやのかどわかしまでを三人に語った。

「そうか、弦五郎親方のうちに顔出ししたのは丸池の旦那か」

菊治が得心したという風に言った。

「さっき、社殿裏の丸池の旦那を訪ねたら、馬場の繁蔵の子分しかいなかった。おみやがいないかと聞いたら、わしの頬べたを張り倒しやがった」

「なに、為右衛門さんはあの家から追い出されたか」

金太郎が驚きの顔で光之丈を見た。

「おそらく丸池の旦那は繁蔵に弱みを握られて、屋敷を取られたと思う。明後日の夏祭には丸池の旦那が世話方として姿を見せよう。だが、それは見せかけの世話人だ、実際は馬場の繁蔵が取り仕切ることになる。そして、御会式をうまく仕切ったら、この雑司ヶ谷村は、すべて繁蔵の縄張りに入ることになって、好き放題だ」

「分っている」

金太郎が苛立った声で答えた。

「鬼子母神の神主さんも馬場の繁蔵にはなにも言えねえもんな」

米三が言った。

「ふうっ」

と金太郎が大きな息を吐き、前掛けに散らかった麦藁を土間に落とした。

「なんぞ知恵があるのか、光之丈さん」

「ここからが本式な相談だ」

三人が光之丈を見た。

「一年ちょっと前の話だ。品川宿で騒ぎがあった」

「おりゃ、読売でその話、読んだ。南町奉行所が入って津之國屋って悪の一味を捕まえたって話だな」

「それが実際はいささか違うのだ。これからいうことはわしも加わってのことだから嘘でもなんでもない」

と前置きした光之丈が、品川の騒ぎの顚末をすべて告げた。

話が終っても金太郎らはなにも言わなかった。

「信じられないか。わしが嘘を言うておると思うか。わしら七人はその折、津之國屋の用心棒から奪った金を等分に分けた。その金を持って、わしは弦五郎親方の家に婿入りした」

「出戻りのおふく、いや、すまねえ、光之丈さん」

菊治が慌てて詫びた。

「真のことだ、構わない。その金をわしはおふくに今日初めて見せて渡した。この雑司ヶ谷村で生きていくためにな」

「魂消《たまげ》た」

金太郎が初めて言葉を発した。

「若い七人が、いや、最初は八人か」

「田淵参造はわしらを裏切り、津之國屋に加担して殺された。ゆえに生き残ったのは七人だ」

「その七人で悪党をやっつけたか」

米三がいささか訝しいという声音で言った。

「この戦い、小籐次がいなければわしらは真実を知らぬ間にいいように使われて殺されていたろうな」

「おれたちにはそんなお人はおらぬ」

金太郎が光之丈を見た。

「いかにもおらぬ。だが、このまま見過ごしにすれば雑司ヶ谷村も鬼子母神も馬場の繁蔵一味に乗っ取られて、金太郎さんの先祖から引き継いで守り続けてきた御会式の賑わいはもう戻ってこぬ」

「なにをしろというのだ、光之丈さん」

「わしらの考えで動く仲間が七人から八人ほしい。金太郎さん、おまえさんは御会式の若衆頭だ。腹が据わった若衆があと、四、五人集められるか」

「そんな人数で馬場の繁蔵に勝つ気か」

「まずわしらが本気になることが肝心だ。わしらに降りかかった災難はわしらの力で払うしかない。他人頼りにはできまい」

光之丈の言葉に金太郎が、何事か思案した。残りの仲間を考えているのだろう。

「おれたちを入れて八、九人は集まろう。だが、頭はどうする」

「おるのだ」

「光之丈さん、おめえか」

と米三が質した。

「いや、違う。小籐次がおるのだ」

「なに、そのお人がおれたちを助けてくれるのか」

「金太郎さん、わしらが先頭になって戦ったとき、小籐次がわしらに手助けするというておるのだ。その気持ちが大事と小籐次は求めておるのだ」

金太郎ら三人が思案した。長い沈思だった。

「よし、やろう」

金太郎が言い、二人が賛成に回った。

二

馬場の繁蔵が一家を構える下高田村は、雑司ヶ谷村の南、神田上水の北岸に位置していた。神田川とも呼ばれる神田上水を挟んで、下戸塚村、源兵衛村、下落合村に接していた。東側は急速に広がりを見せる江戸の市街の目白台、関口地区があって、武家方の下屋敷、抱え屋敷が点在していた。

一言でいえば雑司ヶ谷村より、

「江戸」

に近い界隈といえた。

それだけに住人も多く、物も金も動いていると言えた。

馬場の繁蔵の家は、正面が神田川の流れに接し、南側には寺が集まり、北側には江戸が広がりを見せる証の武家の別邸、下屋敷などがあった。

馬場の繁蔵の家は、長屋門のある百姓家だった。大方、博奕のカタに取り上げた大百姓の屋敷だろう。

敷地は広く、畑と合わせて二、三千坪はありそうだった。その敷地を石垣と風除けの植え込みが囲んでいて、威勢を示していた。

光之丈や金太郎ら八人は、単衣の裾を絡げて草鞋を履き、頭には菅笠を被ったり、鉢巻をしたりしていた。そして、手には七尺ほどの竹竿を持ち、中には竹竿の先に弦五郎親方が拵えた鎌がしっかりと結わえ付けられた得物もあった。

刻限は夜半九つ（午前零時）を過ぎていた。

馬場の繁蔵一家は、眠りに就いていた。

だが、長屋門には提灯が点されて、不寝番が二、三人起きている気配だった。

光之丈らはひと回り馬場の繁蔵の「領地」を見廻った。

神田川には船着場もあって、荷船や小舟が三艘舫《もや》われていた。

「おい、金太郎、繁蔵の子分は何人いるだ」

新しく金太郎の仲間に加わった飴造りの伊助が尋ねた。その声音には、

「無謀な企て」

に加わったという悔いがあった。

「伊助、恐ろしいか」

「恐ろしかねえや」

と答えた伊助の声が震えていた。

「馬場の繁蔵の子分は、三十七、八人というぞ。だがな、それだけじゃねえ、剣術家の用心棒が何人もいるだ」

米三がどこで聞き込んだか、伊助の問いに答えた。

「そりゃ話にならねえ」

伊助が弱音を吐いた。

金太郎が光之丈を見た。

「戦は数じゃない、気構えだ。やる気の強いほうが勝つ」

光之丈が己に言い聞かせるように言った。

「光之丈さんよ、おめえの仲間はどこにいる」

金太郎が尋ねた。

「小籐次か、あっちがこちらを見付けると言うたんだがな」

光之丈は月明かりで辺りを見回した。だが、だれもいる風に見えなかった。

夜の闇に神田川の流れのせせらぎだけが響いて聞こえた。

「もう一回りしてみるか」

光之丈を含めて八人は、ふたたび石垣の外側をぐるりと回った。

屋敷の裏側に来ると、敷地の境には石で組んだ幅一間余の疏水があって、神田川に流れ込むようになっていた。

「まるで砦だな」

金太郎が呟いた。その声音は、光之丈に説得されたときの意気込みは失せていた。

「どうにもならないべ」

米屋の次男坊の吉次郎も戦う前から白旗を上げるように言った。

「明日からの祭も御会式も馬場の繁蔵に乗っ取られていいのか」

それでも若衆頭の金太郎が言った。その声に力がなかった。

「光之丈さんよ、品川の騒ぎの頭分はほんとに来ているのか」

「ああ、小籐次が約定を違《たが》えるはずがない」

と答えた光之丈だが、自信はなかった。

（どうした、小籐次）

「ともかく一回りしよう」

金太郎の提案で神田川の流れの方角に、裏門から表の長屋門に向って一行は黙り込んで歩いていった。

神田川の岸辺に戻ったが、小籐次の姿はなかった。

「帰るべえよ」

吉次郎が言った。

だれも答えない。だれもが吉次郎に賛成する声を待っていた。

光之丈も抗する言葉を持たなかった。それでも言った。

「おみやを見捨てるのか」

「そりゃ可哀想だがよ、相手が相手だ」

伊助が済まなそうに言った。

「わしは一人でも敷地に潜り込む」

光之丈は勇気を振り絞って言った。

「その意気だ、光之丈」

一行の背後から声が掛かった。

振り向くと、

「小籐次、どこにいたんだ」

と尋ねる声が高くなった。

「大きな声を出すではない」

小籐次が落ち着いた声で命じた。

金太郎らは小籐次を茫然と見ていた。

(この男が頭分か)

(こんな小さくて頼りになるのか)

七人の無言が雄弁に語っていた。

「金太郎さん、赤目小籐次だ」

光之丈が紹介したが、金太郎らは黙っていた。

「およそおみやがいる場所は突き止めた。為右衛門の家族と納屋に閉じ込められている」

「どうするんだ、小籐次」

「おれについてこい、戦評定だ」

小籐次が言い、光之丈らが歩いてきた道を戻り始めた。

何人か、その場にとどまろうとしたが、若衆頭の金太郎が従ったので、しぶしぶとついていった。

小籐次は、馬場の繁蔵の敷地の中に潜り込んで探っていたらしく、石垣の植え込みの一角に身軽に這い上がり、するりと繁蔵の領地に入り込んだ。

光之丈らも続くしかない。入り込んだのは繁蔵の領地の西側の隅で、細長い建物があって、生き物の臭いがした。

「厩があってな、三頭の馬が飼われている。光之丈、得物の竹竿はすべて外に置いておけ」

小籐次の命に光之丈らは得物を厩の軒下に置き、身軽になって厩の扉の中へと入った。

厩には小さな灯りが点されていた。

三頭の馬たちが小籐次の臭いを嗅ぎつけたか、足を踏み鳴らした。

「よしよし、大人しくしておれ」

小籐次は、一頭一頭顔を撫でながら厩の奥に入り込んだ。そこには飼い葉が積まれており、壁との隙間に小籐次が身を入れ、

「さあ、おれに続いてこちらに潜り込め」

と命じた。

飼い葉の山の向こうに四畳ほどの道具置き場があって小さな灯りが点っていた。こちらの灯りは小籐次が点したもののようだった。

筵が敷かれた土間に絵図が広げられていた。小籐次が調べて描いた馬場の繁蔵の家の絵図のようだ。

「みんな、座ってくれ」

と小籐次が言った。

金太郎らが絵図を真ん中にして車座に座った。

「おれが赤目小籐次だ。野鍛冶の光之丈の昔の朋輩でな、よろしく頼む」

小籐次の言葉に金太郎らがそれぞれ頷いたり、硬い会釈を返したりした。が、だれもが一様にがっかりしているのが光之丈には分った。

「金太郎さんよ、なんぞ文句がありそうだな」

光之丈が金太郎に話しかけた。

だが、金太郎はさすがに口を開かなかった。

「おれが金太郎さん方の胸の内をあててみようか。『こんな小男を連れてきて頼りになるのか』、そんなことではないか」

「まあな。真にこの小籐次さんが品川の騒ぎを引き起こし、悪党一味を潰した人物か、おれには信じられない」

「金太郎さん、わしらも一年余り前、小籐次の真の力を知らなかった折には同じ考えであった。だがな、品川の騒ぎは絵空事ではない。小籐次の指図でわしらは、品川宿を牛耳っていた津之國屋一味を負かした。小籐次といっしょに働いたわしが言うのだ、信じてくれぬか」

金太郎らが曖昧に頷いた。

「品川の騒ぎは、金欲しさに津之國屋の話に乗り、途中でおれたちがただ利用され、始末されるのだと気付いて、津之國屋一味に歯向ったのが事の起こり、真相だ。こたびの話は、まるで違う。雑司ヶ谷村に生まれ育ったそなたらの暮らしが馬場の繁蔵に脅かされておるのだ。となれば、自分たちが動いて繁蔵一味を倒すしかない」

光之丈の言葉を補うように小籐次が言った。

「小籐次さん、おれたちはたったの八人だぞ、あんたを入れても九人か。相手はやくざ者や用心棒の剣術家などが四十人もおるのだぞ。ほんとうに勝てるのか」

菊治が小籐次に尋ねた。

「戦は数ではない」

「光之丈もそう言うた」

金太郎が小籐次に重ねて言った。

「数のことは今考える要はない。われらに残された刻限は一日だけだ。夏祭が始まる明晩、いや、今晩には大掃除が終ってなければならぬ」

「小籐次、考えがあるのか」

光之丈が聞いた。

「あるといえばある。ないといえばない。だがな、これから一つひとつやることにわれら九人が力を合わせることが大事なのだ。そのためにこの絵図を描いた。見てみよ、馬場の繁蔵の領地だ」

小籐次は蠟燭の灯りを絵図へと引き寄せた。

繁蔵の敷地は神田川の川岸に表門を向け、くの字に広がっていた。

「われらがいる厩は西側のどんづまりだ。母屋はここだ」

と小籐次が指した。

母屋は長屋門の直ぐ奥にあった。どうして調べたか、絵図には、平屋だが、蚕《かいこ》部屋のように中二階があるようすが描かれていた。母屋の中庭には離れ屋があった。

「繁蔵と家族、それに妾がこの母屋と離れ屋に別れて住んでおる。子分どもは長屋門の小屋に寝ておる。おみやと為右衛門の一家が押し込められているのは、こちらの納屋だ、子分が三人ほど見張りについておる」

小籐次が母屋に接した南側の蔵を指した。

「母屋の内蔵に繁蔵は、喧嘩の道具を収めておるようだ」

「どうしてそのようなことが分ったのだ、小籐次」

「そなたの家を出た折からおれは、下高田村に来て繁蔵の家を見張ったり、忍び込んだりしていたのだ。この隠れ家もそのついでに拵えた」

光之丈の問いに答えた。

「小籐次、そなた、品川に戻ったのではないのか」

「おれが帰れば黒幕が動くのは分っておった。だから、わざと品川へと帰る振りを見せ、おれを尾行《つけ》てきた男を引っ捉まえて喋らせた。繁蔵の子分の一人だが、少し痛めつけるとすぐになんでも喋った。こやつは、もはや繁蔵の前には姿を見せまい」

小籐次の言葉に金太郎らが少し見直したという表情を見せた。

「おみやがこの敷地に連れ込まれたのも直ぐに分った」

と小籐次が言い、

「おみやに直ぐに危害が加えられることはない。それが起こるとしたら、夏祭が終ったあとだ」

と光之丈を安心させた。

「さすがは小籐次、そなた、品川の騒ぎを受けて、だんだんと策士になってきおったな」

光之丈が褒めたのだか貶《けな》したのだか、よく分らない発言をした。

小籐次はただ受け流し、

「用心棒の剣術家だが、四人だ。母屋の裏側の畑の中にある、昔の小作人の家に住んでおる」

と一同を見た。

「こやつらが厄介だな」

「光之丈、こやつらは今晩じゅうに始末をつけよう」

「始末をつけるってどうするだ」

金太郎が小籐次に聞いた。

「そのことはあとで相談する」

と応じた小籐次は、床下で聞いた話を光之丈や金太郎らに告げた。

「明日、繁蔵は雑司ヶ谷村に行くのか」

「ああ、丸池の為右衛門に、用心棒と手下の半分を連れて雑司ヶ谷に乗り込み、夏祭を差配する。われらにとって繁蔵一家の勢力が下高田村と雑司ヶ谷村に二分されるのはもっけの幸いだ。こいつをうまく利用して、最後に馬場の繁蔵の息の根を止める」

「うんうん」

金太郎が俄然《がぜん》張り切ったか、大きく頷いた。

「小籐次、まず用心棒侍をやっつけるか」

「そういうことだ」

光之丈に小籐次が答え、七人が小籐次の命を待つ構えになった。

「あやつら、酒をだいぶ飲んで寝た。ゆえにそろそろ小便に起きる時分だ。厠は外だ、そやつらを一人ひとり始末していく」

「始末するとは殺すのか」

米三が身ぶるいして尋ねた。

「人をそう易々《やすやす》と殺せるものではない。こやつらを馬場の繁蔵の屋敷からいなくすればよい」

「そんな妙案があるか」

金太郎が小籐次に聞いた。

「行動の時だ、参ろうか」

小籐次の言葉に八人が立ち上がった。


畑の中に昔、小作人が住んでいた家はぽつんとあった。母屋からだいぶ離れていた。少しくらいの物音など届くとは思えなかった。

小籐次らがその家の庭に着いて四半刻（三十分）後、いきなり障子戸が引き開けられると縁側に立った男が庭に向って立ち小便を始めた。

「おい、厠なんぞを使わぬぞ、どうする小籐次」

「光之丈、縄と手拭いを持っておれに従え」

「おれたちはどうする」

金太郎が尋ねた。

「ここで見ておれ」

そう命じた小籐次がすたすたと立ち小便をする男に歩み寄った。手には鍬の柄を握っていた。ようやく小便を終えた男が、
うむ
という寝ぼけ眼で小籐次を見た。

「なんだ、おまえ」

と問いかける言葉が途中で切れた。

小籐次の手にした鍬の柄が男の鳩尾に突っ込まれ、ううっ、とくぐもった声を漏らして庭に転がり落ちてきた。

「光之丈、こやつを縛り上げよ」

と小声で命じたとき、

「倉之助、どうした」

と仲間を案ずる声がして、刀を手に提げた男が縁側に立った。

その瞬間、小籐次が縁側に飛び上がって男の鳩尾を突き上げていた。二人は始末したが、残りの仲間二人が飛び起きた気配があった。

小籐次は迷うことなく有明行灯の点る寝間に飛び込んでいった。

金太郎らは、小籐次の素早い動きを茫然と見ていた。

「金太郎さん、縛るのを手伝え」

光之丈が言い、七人が走り寄ってきた。

屋内から刀を抜く音や鍬の柄に突き上げられたような音がして急に静かになった。

「ど、どうした」

米三が逃げ腰の構えで言った。

家の中から、

「来島水軍流脇剣七手の一つ、竿突き」

という小籐次の声がした。

「な、なんだ、ありゃ」

「小籐次の勝鬨《かちどき》だ」

と光之丈が言い、

「わしの言うことを少しは信じるようになったか」

と金太郎らに自慢げな声で訊いた。

「ああ、品川の騒ぎの立役者がだれか分った」

と金太郎が返答をした。

三

小籐次らは用心棒侍四人が住んでいた小作人の家の床下から話し声を聞いていた。

翌朝の四つ（午前十時）だ。

用心棒らが母屋に姿を見せないというので馬場の繁蔵の子分らが様子を見にきた。すると屋内から四人の用心棒の姿と持ち物がそっくり消えていた。

「あいつら、どうした」

「逃げやがったんじゃないか」

「なぜだ。前払いの金を持って逃げたのか、稼ぎはこれからだぜ」

「分らねえな」

と言い合っていた子分らの一人が代貸の大造を呼んできた。屋内の様子を眺めていた大造が、

「使い物にならねえ奴らだったな」

と吐き捨てた。

「まずは今日から始まる鬼子母神の夏祭を無事に済ませ、ちっとは骨のある用心棒を見付けるぜ。今から親分がお出ましだ。こんなこと話せるか、怒り狂って小突きまわされるのが落ちだ。ともかく夏祭の仕切りを済ませる。いいな」

大造が子分らに命じ、

「雑司ヶ谷に連れていくのは丸池の為右衛門だけだ、こちらには子分を七人ほど残せ、長屋門に四人、為右衛門の家族と鍛冶屋の娘の見張りに三人だ。いいか、娘に手出しなんてするんじゃねえ、売り物に傷をつけてみろ、親分の張り手が飛ぶぞ」

と手配りした。

馬場の繁蔵の姿は未だ小籐次も見ていないが、よほどの大力で、その上、直ぐに感情に走って手出しをする男のようだ。

「まあ、用心棒がいなくともおれたちでなんとかなる。御会式までには雑司ヶ谷の縄張りをかっちりしておくぜ」

大造の言葉で子分たちが母屋に戻って行った。

大造だけは独り小作人の家に残った様子だ。

「あいつら、なにを考えたか」

とぽつんと呟き、

「嫌な感じがするぜ」

と続けた。


小籐次らは用心棒侍ら四人を一滴の血も流すことなく縛り上げて、隠れ家の厩に連れ込んでいた。そして家の中は、飲み食いしているうちに逃げ出す相談がなったように装い、四人の持ち物は一切その場に残していなかった。

どうやらその工作が今のところ功を奏していた。

代貸の大造が小作人の家から消えたあと、小籐次は床から這い出し、厩に戻った。するとと光之丈が戻ってきて、

「馬場の繁蔵は二十数人の子分らといっしょに雑司ヶ谷に出かけたぜ」

丸池の為右衛門の家で賭場が開くのだ。この一日は繁蔵一家にとっても正念場だ。

金太郎らは雑司ヶ谷村に先に戻り、夏祭の商いに加わることにした。祭礼の若衆頭ら七人がいないのでは馬場の繁蔵一家に怪しまれるからだ。

そんなわけで繁蔵の領地に残ったのは、小籐次と光之丈の二人だけだ。

二人の前に手拭いで猿轡をされ、手足を縛り上げられた四人の用心棒がいた。

「こやつら、どうするよ」

光之丈が小籐次に聞いた。

「おれたちが手を汚すほどの用心棒じゃない。馬場の繁蔵が戻ってきたとき、母屋にこの姿を晒そうか」

四人の眼が恐怖に見開かれ、必死の形相で首を横に振った。

「命は惜しいらしいな。いや、繁蔵の癇癪《かんしゃく》が怖いのかもしれんな」

小籐次が言うと次直を抜いた。

四人の用心棒侍が恐怖の形相で小籐次らに頭を下げて哀願した。

「殺しはしない」

小籐次が言うと、四人の髷を次々に切り落とした。

「これでいよいよ繁蔵の前には出られまい。夜になったら解き放つ。それまでここで辛抱するのだ」

小籐次が諭すようにいい、

「おみやを助け出すか」

と光之丈が小籐次に聞いた。

「いや、おみやにはもう少し辛抱してもらおう。それよりも母屋の内蔵に入り込みたいな。武器蔵になにが入っているか、調べたい」

と小籐次が言った。すると、髷を切られた一人が眼でなにかを訴えかけた。

「蔵の中を承知か」

頷く用心棒侍の猿轡の手拭いを解いた。大きな息を何度か吐いた用心棒が、

「馬場の親分は、武器蔵に刀、長脇差、手槍、長刀、弓、突棒、武器はなんでも揃えておる。やくざにしてはなかなかの武器だ」

「そんなものか」

「いや、違う。ご禁制の猟師鉄砲を五挺、それに鉄砲用の火薬などたっぷりと集めておる」

「鉄砲に火薬か、面白いな」

と小籐次が感心し、

「繁蔵の家族をなんとか外に誘い出せないかな」

と光之丈に言った。

「長屋門に子分がいるからな、外に誘い出すのは無理だ」

と光之丈が言った。

「馬場の繁蔵は常に腰に武器蔵の鍵を携えておる、鍵がなければ入り込めないぞ」

と用心棒が言った。すると、

「錠前を壊すくらいなら鍛冶屋だ、出来ないことはなかろう」

と光之丈が応じた。

「光之丈、そなた、一人でできるか」

「鍵を壊すには道具がいるし、親方がいれば文句なしだがな」

光之丈が言い添えた。

「分った、おみやのこともある。弦五郎親方に事情を話して連れてこい。おれはその間に家族を外へと誘い出そう」

「よし、行ってくる。おみやを頼んだぜ」

「光之丈、矢立《やたて》と紙も頼む」

「なに、文を書こうというのか」

「馬場の繁蔵は土地の御用聞きとつるんでおると言ったな」

「ああ、下戸塚村の千造だ」

　と言ったのは用心棒だ。

「そなたの名はなんだ」

「わしか、向田権太左衛門だ。仲間は佐々木信也、高津倉之助、それに高島八郎太だ。三人の猿轡を外してくれぬか。われらが馬場の繁蔵の前に出られぬことは、そなたがよう承知のはずだ。用心棒はな、売込みよりも逃げる時期を間違うと、たった一つの命を失う羽目に落ちるからな。われらも逃げどきを考えておきたい」

「裏切るつもりではないな」

「そなた、繁蔵の癇癪を知らぬ。激した折は、あやつ、なにをするか分らぬ。張手一発で手先を殴り殺したのをわれらは見ておる」

　向田権太左衛門が言った。

「光之丈、三人の手拭いを外してやれ」

「大丈夫か」

「聞いてのとおりだ、おのれらの命が掛かっておるのだ。騒ぎ立てまい」

光之丈が三人の猿轡を次々に外した。三人が隠れ家の空気を競い合って吸った。

「光之丈、親方を呼びに行け。すべては時との勝負だ、急げ」

「半刻後には連れてくる」

光之丈が姿を消した。

「おぬし、えらい若いな。不細工な面をしているがえらく腕が立つ」

「不細工な顔は変えようもない。親父から来島水軍流なる剣術を叩き込まれた」

「修羅場を潜った動きとみた」

向田権太左衛門が小籐次に関心を示した。

「頼みがある」

「なんだ」

小籐次が尋ねた。

「武器蔵は金蔵でもあるのじゃ。われらは手付け金三両ずつしか貰うておらぬ。今少し銭を持って逃げ出したい」

小籐次は呆れ顔で向田を見た。

「そなたら、囚われの身ということを忘れたか」

「逃げるには金がいる」

と言った向田が、

「その代わり、この家に残った子分どもの始末をわれら四人が請け合う。馬場の繁蔵の家族をそなたの知り合いが囚われておる蔵に放り込むのもわれらがやろう」

と言い出した。

小籐次が武器蔵に執着するには理由があった。猟師鉄砲と火薬があるかどうかを確かめておきたかったのだ。

「繁蔵は千両箱を二つも三つも蔵の中に隠しておるというぞ」

「だが、その金は繁蔵のものだ。おれのものではない」

「少しばかり貰ったとてよかろう。そなた、金は欲しくはないのか」

「いつもぴいぴいしておる。だが、他人の金に手をつける気はない」

「ならば、われらが一人頭十両ずつ持ち出すのを見逃してくれ。さすれば子分どもを始末して家族を蔵の中に閉じ込めることを約定しよう」

「信用ならぬ」

「そなた、朋輩に時との勝負と言わなかったか。一人でなにが出来る」

小籐次はしばし黙考した上で、よし、と言い、四人の持ち物の脇差で縛り上げた縄を切っていった。

ふうっ
と安堵の吐息をした向田が手首を揉みながら、

「手加減もせずに鳩尾を突きおったな。痛いぞ」

と嘆いた。そして、

「頭がこれでは恰好がつかぬ」

と言いながら猿轡の手拭いで頬被りをした。すると仲間も真似た。

「ただ今、繁蔵の家には子分が長屋門に四人、光之丈の義妹のおみやが囚われている納屋に三人おる。おれが同行しよう、どちらからやるな」

「長屋門の四人が先じゃな」

小籐次と向田ら四人は衆議一決した。

それぞれが腰に大小を戻し、なんとか形を整えた。飼い葉の山と壁の隙間を伝い、厩に出た。

「近づくまではわれらに任せておけ」

広大な繁蔵の敷地の石垣の内側を走って長屋門に出た。

向田らが先に悠然と歩み寄った。その背後に矮軀の小籐次が隠れて従った。

「向田の旦那、どこにいたんだ。代貸がひどく怒っておったぞ」

と声をかけた子分が、

「なんだ、その頭は」

と頰被りした頭を見た。

「髷がねえんじゃないか」

「ああ、ねえ」

と子分たちが言い合い、呆れ顔で頭を見詰めている間に小籐次が鍬の柄を構えて飛び出し、子分四人の鳩尾を次々に突くとその場に転がした。

「なんとも手際がよいな、おぬし」

向田が改めて感心した体で言い、仲間に、

「こやつらを縛り上げて、納屋に連れてこい」

と命じた。

小籐次と向田は納屋に向った。こちらも一瞬の間で事が済んだ。

小籐次が納屋を開けて、

「おみやはおるか」

と呼びかけた。

夏の光が差す表から閉じられた納屋に入ったために数瞬、小籐次は視力を失った。

「小籐次さんなの」

声がして小籐次に飛び付いてきたものがいた。みやだ。

「怪我はないか」

「怪我はないけど怖かった。丸池の旦那さんの家族も一緒だったからよかったけど」

板の間に六人の男女がいた。為右衛門はいなかった。

「よし、一先《ひとま》ずここを出よう」

と言ったところに向田の仲間たちが長屋門の四人を引きずってきた。

小籐次は納屋の隣りの外蔵に目をつけて、

「あの蔵の方が頑丈でよさそうだ。あそこに倒した七人を閉じ込めよう。家族はこちらの納屋だ」

と向田に命じた。

味噌や漬物などの収納蔵のようだった。そこへ閉じ込めたあと、向田たちが繁蔵の家族を連れに母屋へと向った。

小籐次はみやたちをいったん向田らがいた小作人の家へと連れて行った。

「おみや、今光之丈が親方を連れに行っておる。もう来てもよいころだ」

「お父つぁんが来るの」

とみやが嬉しそうに言い、

「繁蔵親分は、どうするの」

「あいつの始末は最後だ。もうしばらくの辛抱だ」

と言い聞かせて、小籐次は元の納屋と外蔵に戻った。すると向田らが繁蔵の家族と妾らを囲むように連れて姿を見せた。

「なんだね、おまえさん方は。うちの親分が黙っちゃいないよ」

若い妾が激しい勢いで向田らに食って掛かっていた。

「まあ、そう申さずにこの納屋に入ってくれぬか。手荒な真似はしたくないでな」

と小籐次は言いながら、抗う繁蔵の家族ら十人ほどを納屋に閉じ込めて、厚板の戸を閉じ、錠前を下ろした。

「小籐次、親方を連れてきた」

光之丈の声がして親方と二人して道具を手に姿を見せた。

「おみやはどうした、赤目さん」

「すでに助け出してある、あちらの畑の中の家におる、怪我もしておらぬ」

「助かった」

弦五郎が思わず涙を零《こぼ》しそうな顔をした。

「親方、繁蔵らが戻ってくるまでが勝負だ。母屋の内蔵の錠を壊してくれぬか。そいつがこんどの勝負を左右するでな」

「どこだ、その内蔵は」

「わしが案内する」

向田源太左衛門が言った。どこで見付けたか破れ笠を頬被りの上に被っていた。ために髷があるかないか一見分らなかった。

「そなたら、この納屋と蔵を見張っておれ」

と向田が仲間三人に命じ、

「抜け駆けするでないぞ」

と佐々木信也が釘を刺した。

「案ずるな、おれの立ち会いで皆の前で分けさせる」

と小籐次が約定したので、小籐次、弦五郎、光之丈、そして、向田の四人が母屋に走り、内蔵に向田が案内した。

「ほうほう、なかなか頑丈な扉に錠前じゃな」

弦五郎が内蔵の扉に関心を持った。

「破れそうか」

「野鍛冶は道具を造っても壊しはせぬ。だが、人が造ったものだ、壊れぬことはあるまい。光之丈、やるぞ」

弦五郎の婿であり、弟子に声をかけた。

「光之丈、矢立と紙は持参したか」

「おお、忘れるところであった。ほれ、これに」

光之丈は年季が入った筆記道具を小籐次に渡した。

小籐次は蔵の扉から少し離れた場所に腰を下ろし、書状を書く仕度を整えた。

「かような時にだれに宛て呑気に文など認《したた》めるのだ」

向田源太左衛門が小籐次の行いに疑問を抱いたか、聞いた。

「南町奉行山村良旺様宛てだ」

「な、なに、そなた、南町奉行の密偵か」

「案ずるな、面識はないがいささか縁があるでな、こたびの始末は奉行所にやってもらう」

と小籐次は答え、思案に入った。

品川の騒ぎは南町奉行の山村が出馬して大捕物を行った。

その切っ掛けは松平保雅と小籐次の言葉を信じた信州松野藩松平家の元側年寄の御嶽五郎右衛門の口利きで、南町奉行の出馬となったのだ。

ゆえにこたびのことも、経緯を記すとともに不審があれば、御嶽様にこの書状の差出人の赤目小籐次が何者かお問い合わせあれ、と認める気でいた。

だが、それもこれもこの武器蔵の中に禁制の猟師鉄砲や火薬などが隠されているかどうかにかかっていた。

小籐次が四苦八苦して猟師鉄砲、火薬があることを前提に書状を書き上げたとき、

「おお、蔵が、扉が開いたぞ」

弦五郎の興奮した声がした。

「よし、確かめよう」

小籐次と向田が武器蔵に飛び込み、

「ほれ、壁際にあるのが鉄砲と火薬に弾丸《たま》造りの道具だ」

と教えた。

小籐次は黒色火薬が入った樽が五つほど保管されていることと猟師鉄砲が五挺あることを確かめ、

「光之丈、詰めの仕事をそなたに願いたい」

「なんだ」

「この書状を持って南町奉行所に走れ。品川の騒ぎ同様にこちらの騒ぎも南町に願おうではないか」

と言った。

「南町にか」

南町奉行所と聞いて光之丈の腰が引けた。

「おう、馬場の繁蔵なんて厄介者を始末するのだ、品川の騒ぎを思い出せ、と大仰に門番にいうて、なんとしてもこの書状を山村様に直にお渡し致せ」

「分った」

光之丈が駆けだすのを見て、

「舟で江戸川から神田川を下れ、その方がなんぼか早かろう」

と叫ぶと手が振り返された。

四

夏の夕暮れ、蝙蝠《こうもり》が空を飛んでいた。

小籐次は黒色火薬の樽の一つを向田源太左衛門らの力を借りて、内蔵の外へと運び出した。馬場の繁蔵の敷地の畑に樽を据えて、導火線を樽から引いて延ばした。

「おぬし、なにをする気だ」

向田が小籐次に尋ねた。

「そろそろ江戸から町奉行所の役人が姿を見せるころだ。おぬしら、懐に十両が入っているのだろう、もう逃げ出さないと役人に捕まるぜ」

「そなた一人で大丈夫か」

「ああ、大丈夫だ。騒ぎはな、派手にしないとやった甲斐があるまい」

「おぬし、体は小さいが肝が据わっておるな」

と応じた向田源太左衛門ら四人の用心棒は逃げていった。

宵闇が下高田村を覆い始めた。

江戸川を御用船が上がってくる物音がした。

小籐次は火縄の火を導火線の先に点けると、その場を逃げだした。

小作人の小屋に走り込むと弦五郎親方、みや、それに為右衛門の一家が恐怖に顔を引き攣《つ》らせて身を寄せていた。弦五郎の顔には殴られたような跡があった。

「なにか妙だと思ったぜ」

土間の一角から声がした。

着流しの男は初めての顔だが、小籐次はその声に覚えがあった。

代貸の大造だ。そして弟分らが三人、大造の後ろに控えていた。

「用心棒連中が戻っているんじゃないかと思ってよ、帰ってみたらこの有様だ。てめえは何者だ」

「弦五郎親方の居候だ」

「てめえが研ぎ屋か」

「そういうことだ」

「うちの奴らを脅したようだな。てめえ、腕があるんなら儲け口がいくらでもあるぜ」

「金には縁がない。といって悪さをして儲ける気もない」

「向田らを唆《そそのか》して逃がしたのはてめえか」

「ああ、おれの申すことを素直に聞いて馬場の親分に見切りをつけた」

「余計な真似をしやがって」

大造が弟分らに顎をしゃくり、

「野鍛冶の親子と為右衛門の家族を始末しな、この若造の始末はそのあとだ」

と命じた。

みやは恐怖に怯えて父親に縋った。

為右衛門の家族には泣き出した者もいた。

「そう急ぐこともあるまい。そろそろ花火が上がってもいいころだ」

と小籐次が言った。

「花火だと」

と代貸の大造が言ったとき、小作人の家を揺るがして爆発の音が響き渡った。

畑の真ん中で黒色火薬の樽が爆発したのだ。

「な、なんだ」

と大造が懐の匕首に手をかけ、弟分たちはその場から逃げ出そうとした。

小籐次は、次直を抜くと峰に返し、代貸の大造との間合いを詰めると峰で額を殴りつけた。

くたくたと大造がその場に崩れ落ちた。

小籐次はそれには構わず弟分三人を峰打ちで叩いてその場に転がした。

「親方、待たせたな、逃げ出すぞ」

「あの音はなんだ」

「あれはな、馬場の繁蔵が武器蔵に隠し持っていた火薬の一樽を畑の真ん中で破裂させたのだ」

「馬場の繁蔵が戻ってくるぞ、小籐次さん」

「それが狙いだ。光之丈が南町奉行所の一行を連れてくる。われら、関わりあいにならぬように雑司ヶ谷村に戻ろうか」

「もう家に戻ってもいいのか」

「馬場の繁蔵一味は、雑司ヶ谷村の夏祭どころではあるまい。家にご禁制の猟師鉄砲や火薬を隠し持っていたんだからな」

「小籐次さん、品川に戻らなかったの」

みやがそこに小籐次がいることが不思議そうな様子で聞いた。

「おれが居なくなれば馬場の繁蔵がおみや、そなたに手を出すのは目に見えていたでな、品川に戻る振りをして、馬場の繁蔵の家に忍び込んでおったのだ。まさか猟師鉄砲や火薬まで持っておるとは考えもしなかった。よし、厄介事にならぬように逃げ出すぞ」

「丸池一家をどうしよう」

弦五郎が小籐次に聞いた。

「ここにいても騒ぎに巻き込まれるだけだ。素知らぬ顔でわれらといっしょに雑司ヶ谷村に戻るのがよかろう」

小籐次の指図に従い、弦五郎らは小作人の家から裏門へと向った。

小籐次が母屋の方を見ると、南町奉行所の手の者たちが馬場の繁蔵の敷地のあちらこちらで動き回る影が見えた。

「義兄さんは大丈夫なの」

「光之丈はな、品川の騒ぎのことがあるゆえ、役人から逃げ出す時は心得ていよう。いくぞ、おみや」

みやが小籐次の手を握って走り出した。

「小籐次さんは妙な人ね」

「どこが妙じゃ」

「義兄さんより四つも年下、形《なり》は小さい。だけど、熊みたいに強くて猿みたいに素早く動けるわ。それに頭がいい」

「それが妙か」

弦五郎たちはもう裏門を出ていた。

一行は江戸川から遠ざかるように北へ雑司ヶ谷村の方角へと急ぎ足で向った。

「小籐次さん」

一行の先頭を行く弦五郎親方が小籐次を呼んだ。

「提灯の灯りが向こうからくるぞ」

「馬場の連中かもしれぬ。隠れて通り過ぎさせよう」

小籐次らは武家地と雑司ヶ谷村の境にある小さな寺、本住寺の山門下の暗がりに身を寄せてしゃがみ、提灯の灯りが来るのを待った。

みやは小籐次の手を離そうとはしなかった。怖い思いをしたのだ、だれかに身を寄せていたいのだろうと、小籐次は思った。それにみやの手の温もりが心地よかった。

提灯の灯りとともに血相を変えた面々が十数人通り過ぎて行った。

「小籐次さん、馬場の連中だ」

「飛んで火にいる夏の虫、あちらには南町奉行所の面々が待ちうけておるわ」

弦五郎親方に答えた小籐次が、

「今走り過ぎた中に馬場の繁蔵はいたか」

と尋ねた。

「いや、いなかったな。繁蔵は牛のような体付きだ、直ぐに分る」

「ということは未だ鬼子母神にいて祭礼の差配をしているということか」

「丸池の旦那の家で開いておる博奕場だな」

馬場の繁蔵にとって下高田村から響いてきた爆発音は気になるところだが、鬼子母神の祭礼の仕切りも目が離せなかった。夏祭を乗り切り、秋の御会式を見事仕切れば雑司ヶ谷村は、いや、参拝客の多い鬼子母神が縄張り内に入るのだ。

繁蔵は博奕場に残る決断をしたようだった。

「となると、もうひと騒ぎあるな」

と小籐次が呟いた。

「騒ぎってなにがあるの」

「馬場の繁蔵を捕まえて役人に引き渡さないと、騒ぎの決着はつかないからな」

小籐次らは本住寺の暗がりから立ち上がると、まず弦五郎親方の家に皆を連れていった。

いちとふくが弦五郎とみやの姿を見て大喜びした。

「うちの人はどこにいるの」

ふくが光之丈のことを気にかけた。

「そろそろ戻ってこよう。だが、その前にわしには後始末が残っておる」

とみやの手を離すと、

「鬼子母神に行くのね」

とみやが聞いてきた。

「まず金太郎さんの店に寄る」

「仕事が済んだらうちに戻ってくるわよね」

みやが小籐次に質した。

「おみや、先のことは分らぬ」

次直を腰に差した小籐次は、祭の気配が漂ってくる鬼子母神の灯りに向って走り出した。

金太郎は、法被《はっぴ》を着て参拝客に角兵衛獅子の細工人形を売っていた。

「おお、小籐次さん。下高田村からえらい音が響いてきたがなんだ」

「その説明はあとだ。仲間を集めてくれ。最後の大掃除はそなたらの手で為すのだ」

「よし」

参道の人ごみに姿を消した金太郎が仲間を六人連れてきた。

小籐次は下高田村の馬場の繁蔵の家で起こったことを手短かに金太郎ら七人に告げた。

「なに、おみやを助けた上に代貸の大造もやっつけたか」

「今ごろ南町奉行所の役人衆に捕まっていよう」

「となると、もう馬場の繁蔵一家が鬼子母神の祭に手を出すことはないな」

「猟師鉄砲や火薬まで隠し持っていたのだ。一家は終りだ。だが、最後の仕上げがある。馬場の繁蔵が残っておるからな。金太郎さん、そなたらの手であやつをお縄にして奉行所に突き出すのだ」

金太郎らが頷いたが、米三が、

「小籐次さんよ、おめえも来るよな」

と願った。

「事のついでだ、最後まで付き合おう。だがな、鬼子母神の祭はいったん馬場の繁蔵の手に落ちたのだ。それを取り戻すのはそなたらの手でなければならぬ」

と小籐次が言い、金太郎らが頷いた。

いつの間にか、五つ半（午後九時）を過ぎて鬼子母神の境内に参拝客は少なくなっていた。金太郎らは竹竿を手にして拝殿の後ろの丸池の為右衛門の持ち家だった建物の前に立った。

祭礼と賭場はどこも付きものだった。鬼子母神の本殿裏で賭場が開かれているのも不思議ではない。

「なんだ、てめえら。博奕をしにきたか」

馬場の繁蔵の子分が祭の法被に竹竿を手にした金太郎らを睨んだ。

「いや、馬場の繁蔵親分に用事だ」

「なんの用だ」

「鬼子母神の祭礼一切から手を引いてもらいたい」

金太郎の声音は毅然《きぜん》としていた。

「なに、金太郎、てめえ、だれに向ってものを言うているのか承知か。てめえの素っ首を刎《は》ね斬ってやろうか」

懐から匕首を抜いた子分の前で金太郎が後ずさりした。その傍らから小柄な影が飛び出すと、次直を鞘ごと抜いて柄頭で鳩尾を突き上げた。

ぐっ
と唸った子分がその場に崩れ落ちた。

「やった」

米三が小さな声で気勢を上げた。

「賭場は二階座敷だ」

金太郎の声に小籐次が土間に飛び込んだ。

二人ほど子分がいたが、小籐次らの威勢に気圧《けお》されたか、黙って見詰めていた。

小籐次は二人の傍らにあった木刀を、

「借り受ける」

というと手にして、金太郎と並ぶように大階段を上がった。

盆茣蓙《ぼんござ》を囲んで二十人ほどの客がいた。腹に白晒をきりりと巻いたツボ振りと中盆《なかぼん》が丁半博奕を仕切っていた。

盆茣蓙を囲んだ一同が祭礼の法被姿で竹竿を手に入ってきた金太郎らを見た。

「お客人、今宵の博奕はここまでで打ち切りに願います」

金太郎が宣告した。

「なんだと」

中盆が金太郎を睨んだ。

「藁細工の角兵衛獅子売りだな、てめえ、馬場の繁蔵の賭場に註文をつけようというのか」

「雑司ヶ谷村は、昔から土地の人間が祭礼を仕切ってきたのだ。それを力で乗っ取ることは許せない。客人、今晩はこれにてお開きにしてくれませんか」

金太郎の落ち着いた言葉に客たちが一人ふたりと立ち上がり始めた。

中盆とツボ振りがそれぞれ長脇差と匕首を抜いて、

「金太郎、覚悟の上だな」

と凄んだ。

「繁蔵親分」

金太郎が隣り座敷に控える胴元の繁蔵に呼びかけた。傍らには御用聞きの千造親分と丸池の為右衛門もいた。

「おまえさん方は、もう終りだ。下高田村の親分の家に南町奉行所のお役人衆が

入った。最前の大きな音は親分が隠していた火薬の一つが爆発した音だという
ぞ」

金太郎の声に為右衛門がその場から逃げ出そうとした。馬場の繁蔵の大きな手が為右衛門の首根っこを摑むと、もう一方の手を首に巻いて一気にへし折った。

驚くべき腕力だ。

「うちの武器蔵に何者が入り込んだ。まさか角兵衛獅子売りじゃあるまい」

馬場の繁蔵が為右衛門の体をその場に放り出すと、ゆらりと立ち上がった。すると隣り座敷との間の鴨居の上に顔が隠れた。それほど大きな男だった。

「わしだ」

小籐次が盆茣蓙の端に立った。

「弦五郎の家に居候していた研ぎ屋か」

中盆が言い、長脇差を構えた。

「おまえの相手は、おれだ」

菊治の竹竿の先には弦五郎親方が造った鎌が固定されていたが、その長竿で足首を薙いだ。予想もせぬ攻撃に、

「あ、い、いたた」

と中盆が盆茣蓙に倒れ込んだ。その体を米三らが竹竿で打ち据えた。さらに上半身裸のツボ振りに竹竿隊が襲い掛かって叩きのめした。

ばりん！

突然大きな音がした。

馬場の繁蔵が鴨居を両手で殴り付けてへし折っていた。すると大きな顔が覗いた。顎が前へと突き出て異様な顔付きだった。

菊治らが逃げ腰になった。

だが、金太郎は正面の化け物と毅然と向き合っていた。

「金太郎、この化け物はおれが相手しよう」

小籐次が盆茣蓙の上に乗った。

手にしていた木刀を捨て、

「金太郎、竹竿を貸してくれぬか」

と願った。

七尺余の竹竿を手にすると構えた。

繁蔵は、手にしていた鴨居を投げ捨てると、両手を大きく広げた。

小籐次と比べると子どもと大人の差どころではなかった。

両腕を胸の前で交差させて厚い胸板に叩き付けた。すると、
ばしりばしり
と不気味な音がした。

「化け物、かかって来よ。来ねばこちらから行こうか」

小籐次の挑発に乗った馬場の繁蔵が盆茣蓙を踏み砕きながら、小籐次との間合いを詰め、青竹の先を摑もうとした。

その瞬間、小籐次が青竹を手元に手繰り寄せ、その直後に大男の喉元に向って鋭く突き出していた。

草相撲の大関を張って五体を鍛え上げたはずだが、喉元は鍛えることができない数少ない箇所だった。

突進してくる馬場の繁蔵の喉元を見事に突き上げた。すると、巨体が一瞬立ち竦んだように立っていたが、その直後、盆茣蓙の上にどすんと転がって、悶絶した。

「来島水軍流脇剣七手の一、盆茣蓙竿突き」

小籐次の口からこの言葉が漏れて、竹竿が捨てられた。

「終ったのか」

金太郎が自問するように小籐次に聞いた。

「そなたらが馬場の繁蔵一家を倒したのだ」

そう言い残した小籐次が二階座敷から大階段を下りて、鬼子母神の裏手に出ると夜の闇に小柄な体を溶け込ませた。

五

小籐次は、雑司ヶ谷を再び訪ねるべきかどうか迷っていた。

光之丈が弦五郎親方の下で野鍛冶の修業を以前よりも真剣に為しているとは考えていた。

鬼子母神の賭場に乗り込んだ夜から一月余が過ぎていた。

父親の伊蔵は、小籐次が森藩の下屋敷に戻ったあと、十日の約束が二、三日過ぎていたが、なにもそのことについて触れようとはしなかった。

小籐次は用人の高堂伍平と伊蔵に雑司ヶ谷村で起こった出来事をざっと説明した。

「今度は雑司ヶ谷村で騒ぎが起こったか」

高堂は半信半疑という顔で小籐次を睨んだ。

「いえ、それがしが好んで関わったわけではございません。野鍛冶の一家を助けるには致し方ない仕儀にございました」

と小籐次は言い訳した。

その様子を伊蔵は黙って見ていた。

しばし沈黙した高堂用人が、

「小籐次、わが藩に迷惑がかかるようなことは、致さなかったであろうな」

と念を押した。

「一切森藩の名は出しておりません」

「そうか」

と返事をした高堂用人は、

「随分と昔の話だ。鬼子母神の御会式見物に行ったことがある。灯りの行列がきらびやかで、団扇太鼓の音と和して、なんとも賑やかなものであった」

と過ぎ去った昔を懐かしむように呟いた。

再び小籐次の退屈で決まりきった日常が戻ってきた。

竹細工など内職が下屋敷の主な勤めだ。単調な仕事の合間に馬の世話をするのが小籐次の息抜きだった。

三頭飼われている馬小屋の掃除をして、新しい寝藁を伊蔵が敷く間に小籐次は一頭ずつ、敷地内を散歩させた。

時には三頭を交代で、敷地を出て今里村から三田村へ遠乗りをすることがあった。

この日、天気がよいので伊蔵と小籐次は馬に鞍をおいて、一頭ずつに跨り、小籐次がもう一頭の引き綱を握って遠乗りに出た。

馬たちも外に行くのは大好きで嬉しそうに見えた。

一刻半ほど遠乗りし、下渋谷村で渋谷川の南の土手に出て、下屋敷に戻ってきた。すると門番の種五郎が、

「おい、小籐次、おまえの朋輩が訪ねてきておるぞ」

と告げた。

「朋輩ですか」

小籐次に心当たりはなかった。

「おお、いつかの雑司ヶ谷村の朋輩じゃ」

「おお、光之丈ですか」

種五郎がにやにやと笑った。

小籐次は父親の馬の手綱を受け取ると、

「まず馬の世話をしてきます」

と三頭を厩に連れていき、鞍を外すと馬たちの汗を丁寧に流し、乾いた布で濡れた体を拭ってやった。そんな作業を続けながら、

(光之丈、また面倒を持ち込んできたのではなかろうな)

とか、

(まさか弦五郎の家を追い出されたのではあるまいか)

などと考えた。

ともかく三頭の馬たちを小屋に戻し、飼い葉を与えて内職仕事の場でもある台所の板の間に戻った。

すると訪問者は光之丈だけではなかった。ふくとみやの姉妹が内職仕事を手伝っていた。

「なに、おふくさんもおみやも品川に来たか。まさか三人して雑司ヶ谷村を追い出されたのではあるまいな」

と案ずる小籐次に光之丈が顔の前で手をひらひらさせて、

「先日の礼にやってきたのだ」

と言った。

高堂用人の前には弦五郎親方が造った鎌や鍬など新しい道具の他に、鬼子母神の土産の飴やら藁細工の角兵衛獅子や野菜などが置かれてあった。

「小籐次、そなたが話したことは真実《まこと》であったらしいな。雑司ヶ谷村ではそなたの行いに感謝しているそうだ」

と高堂用人は珍しく機嫌がよかった。

小籐次はふくの腹が一段と迫り出しているのを見た。

「よう来たな」

「小籐次さん、あの折は助かりました。うちだけではございません、鬼子母神の祭礼に関わる人が小籐次さんに礼が言いたいそうです」

とふくが言った。その傍らでみやがもじもじしていた。

「三人しておれを迎えに来たか」

「最前、研ぎ仕事の具合をそなたの親父様に見てもろうた。小籐次の教えを守ってきたでまあまあよいそうだ」

「もう、おれは雑司ヶ谷に行かなくてよいのか」

小籐次はなんとなく寂しくなった。雑司ヶ谷行きをどことなく楽しみにしていたのだ。

「親方が『一月に一度小籐次さんを煩わすのは悪い、おまえが品川に行って研ぎを見てもらってこい』と言ったんだ。そしたらおふくとおみやが品川見物に行きたいと言い出してな、従ってきたのだ」

と事情を告げた。

小籐次はようやく三人が森藩の下屋敷を訪ねてきた経緯を理解した。

「品川見物はしたか」

「そんな暇はないぞ、おふくの足では雑司ヶ谷村から品川に来るのが精いっぱいだ。堀端から御城を見ただけで、二人は喜んだぞ」

小籐次は今から三人が雑司ヶ谷に戻るのは無理であろうと考えた。

「小籐次、この者たちは今宵、屋敷に泊まってな、品川やら江戸の海を見て明後日に戻ることにした。雑司ヶ谷から土産持参で来た者を日帰りで帰せるものか」

と高堂用人が上機嫌で言った。

鎌などの手土産が効いたらしい。

伊蔵と小籐次親子が遠乗りに出ている間にすべて話が決まったようだった。

「それはよかった」

と小籐次も喜んだ。

内職仕事に加わった小籐次はみやの顔をちらりと見た。なんとなく上気したような顔付きだ。

「あの騒ぎのあと、雑司ヶ谷村に面倒はなかったか」

小籐次は光之丈に視線を戻して聞いた。

「町奉行所の役人は妙に親切でな、馬場の繁蔵一家を捕縛したことをえらく喜んでおった。なにしろ小籐次、あの大捕物はおまえがすべてお膳立てしたのだ。繁蔵の屋敷からご禁制の鉄砲、火薬が見つかった上に大金まで押収したのだから、文句はあるまい。下戸塚村の千造もお縄になったぞ。町奉行所では江戸外れにはびこるやくざ者を一掃しようと考えておったところらしい。こんどの一件は、渡りに船だ。馬場の繁蔵一家はこれで完全に潰れたな」

と光之丈が言い、

「ふーん」

と小籐次が応じた。

「南町奉行の山村様はそなたの名を承知じゃそうな。うちに来た同心があれこれと尋ねていったぞ」

「おい、こ、小籐次、町奉行所に目を付けられるようなことはしていまいな」

臆病な高堂用人がいつもの癖で小籐次に糺《ただ》した。

「それがしは藩の名など出しておりません」

「そうか、そうならば、うちに迷惑はかかるまい」

「用人様、迷惑どころか小籐次のお蔭で町奉行所は、棚から牡丹餅《ぼたもち》のように大手柄が立てられたのです。村の皆が言ってます。馬場の繁蔵が蔵に貯め込んでいた金子は公儀のものになるのだから、小籐次に百両や二百両の褒美くらい出しても罰はあたるまいとな」

光之丈が言った。

「ほう、馬場の繁蔵なる者は大金を貯めておったか」

「小籐次、千両箱が二つはあったよな」

光之丈が小籐次に質した。

「ああ、町奉行所が武器蔵の品々を押さえたのをそなたも同道して、承知であろうが」

小籐次は光之丈に言った。

町奉行所の面々を引き連れてきたのは光之丈だった。

手助けしてくれた用心棒どもが四十両を取っていくのを小籐次は約定どおり、目を瞑《つむ》った。だからそのことを知る者は小籐次だけだ。

「ああ、武器蔵に入った役人どもは馬場の繁蔵が猟師鉄砲や火薬まで持っていたのに驚いておったな」

と言った光之丈が、

「おい、小籐次、繁蔵の敷地の中で火薬樽を爆発させたのは、おまえだな」

と質した。

「祭礼には賑やかしが付きものじゃでな。町奉行所の船が来たのが分ったで火を点けた。まあ、景気づけの打ち上げ花火じゃ」

「役人どもはあの音で本気になりおったからな」

「おい、小籐次がさような悪戯《いたずら》をしたのを南町奉行所は承知か」

高堂用人が慌てた。

「見当はつけておりましょうな。ですが、大手柄が小籐次のお蔭で上げられたのです。文句は言いますまい、ただ、あの一件で小籐次の褒賞は帳消しじゃな」

品川に戻ったせいか、なんとなく寺侍時代の言葉使いに返った光之丈が言った。

「ふうっ」

と高堂用人が大きな息を吐いた。

伊蔵は会話に加わらず黙って聞いていた。

「やくざ者が二千両もの大金を貯めておるか。あるところには金があるものだな」

溜息のあとに高堂用人が羨ましげな言葉を漏らした。

ふくとみやが高堂用人の嘆きを見て、

「貧乏はうちだけかと思っていたら、大名様のお屋敷も貧乏なのね」

と思わずみやが言った。

「おみや、おれがそなたの家におるときにそう言うたであろうが」

「小籐次さん、私、本気にしなかった。こちらに来て内職仕事に皆さんが精を出しているのを見て驚いた」

小籐次の言葉にみやが思わず本心を漏らし、姉のふくが、

「うちとこちらを一緒にする者がいますか」

と注意した。

「自慢にもならぬが貧乏はいつものことだ。小籐次が千両箱の一つも抱えて品川

に戻ってくればな、われら、内職仕事などせずに済むがな」

高堂用人もつい本音を漏らした。

「用人どの、さような真似をすれば藩は潰れますぞ」

「伊蔵、冗談を真に受ける奴がいるか」

と言い返した高堂用人の顔はいかにも残念そうだった。

「ああ、そうじゃ、金太郎らから言付けがあった」

と光之丈が小籐次に言った。

「なんだ」

「今年の御会式の折、来てくれないかと皆が言うておるのだ」

小籐次は高堂用人を、伊蔵を見た。

「そなたの雑司ヶ谷行きが役に立ったのなら、二、三日くらい暇をやってもよい」

と高堂用人は言ったが、伊蔵は黙したままだった。

翌日、光之丈の案内でふくとみやの姉妹は品川宿やら紅葉で有名な海蔵寺、桜の名所の御殿山やらを見物して満足した顔で森藩の下屋敷に戻ってきた。

小籐次は案内を光之丈に任せて、いつもどおりの勤めを果たしていた。

手足を洗う三人と小籐次は、井戸端で会った。

「小籐次、かよと会ったぞ。嫁に行くことが正式に決まったらしい。この年の内に高田村に嫁に行くそうだ」

小籐次は承知のことだ。だから、驚きはなかった。

「新八とは会わなかったか」

「やはり家にも寄り付かないそうだ。品川の騒ぎの五両三分が災いしたな」

「金をどう使うか、その人次第だ」

「わしはおふくに渡した」

光之丈の言葉にふくが頷き、

「安心して子を産むことができるわ」

と亭主の言葉に満足げに言い添えた。

「小籐次、そなたはどうした」

「親父にも言うておらぬ。なんぞ万が一の折に使うつもりで隠してある」

「そなたらしいな」

と光之丈が笑った。

翌早朝のことだ。

小籐次がいつものように下屋敷の大三島大山祇神社の前の野天の道場で独り稽古をしていると、みやが来て、神社に拝礼して階に座って稽古を見物した。

ひと区切りついたとき、小籐次はみやに歩み寄り、

「どうした」

と声を掛けた。

「う、ううん」

と首を横に振ったみやが、

「赤目小籐次様はやっぱりお侍だった」

と言った。

「貧乏侍だ」

先行きにどんな夢もなかった。だが、稽古だけは忘れなかった。

「ほんもののお侍かどうか、立派な形をしてお金を持っているだけで侍とは言い切れないわ。小籐次さんが私たちにしてくれたように、お金にもならないのに命を張ってやってくれるのがほんもののお侍だと思う」

とみやが言った。

「光之丈はわしの朋輩ゆえな、当たり前のことだ。そのお蔭でそなたらと知り合うことができた」

小籐次の言葉にみやが頷き、小籐次は尋ねた。

「江戸は面白かったか」

「雑司ヶ谷村とはまるで違うわ。でも」

とみやは口を途中で閉ざした。

「どうした」

「江戸には住むことができない」

「生まれ在所がいいか」

「雑司ヶ谷村の暮らししか知らないもの」

とみやが答え、また口を噤《つぐ》んだ。

「小籐次さんが黙って雑司ヶ谷村から品川に戻ったあと、金太郎さんが私の家に来たの」

「金太郎がな」

「小籐次さんのことを聞きに来たの」

小籐次は、みやの喋りたいことが小籐次のことではないことをなんとなく感づいていた。

「金太郎は、なかなかの男だ」

小籐次の言葉にうん、とみやが頷いた。

「金太郎さんが私に、『嫁になってほしい』と言ったの」

「金太郎ほどの男はそんじょそこらにおらぬぞ、腹が据わった男だ。逃がしてはならぬぞ。この一件、親父様は承知か」

みやが首を横に振り、

「小籐次さんに尋ねてから、お父つぁんとおっ母さんに話すつもりだった」

小籐次は大きく首肯した。

みやが立ち上がって屋敷へと戻っていこうとして立ち止まり、

「アカは元気よ」

と言い、

「小籐次さん、御会式に来てね」

と願った。

「そなたらの祝いを持って必ず行く」

その言葉を聞いたみやの顔に微笑みが広がり、くるりと背中を向けた。
小籐次の胸の中に虚ろな風が吹き抜けた。

あとがき

旧作「酔いどれ小籐次」決定版十九巻を文春文庫から新たに手直しをして連続刊行が始まる直前、一家でヨーロッパ旅行をして気分をリフレッシュした。なにしろ一家で「月刊佐伯」創作販売の全スタッフゆえ、社員旅行と呼べなくもない。折しもクリスマス・シーズンの幕開け、ミラノ、ベニス、チューリッヒ、パリの四都市をそれぞれ二日から四日滞在しての旅だった。どこもが想像した以上に暖冬で、地球温暖化は明らかに進んでいると再認識した。

格別に観光すべき地はない。初めての訪問の都市は、チューリッヒだけ、あとは何度か訪ねている。だからといって、旅の感興が削がれるということはない。若いうちは貧乏旅行、ただ今はちゃんとしたホテルに泊まれるだけでも印象が全然違う。

グラン・カナルに面したベニスのホテル、ベランダにいると一日飽きない。乗合船のヴァポレットやゴンドラやクルーズ船の往来を見ているだけで楽しい。熱海で毎日、相模灘を見ているくせにどこに行っても水辺にあるホテルと指定する。あとは町を散策しながらワンちゃんを探すこと、今回の旅ではどこの町でも柴犬に会った。その度にわが家の飼い犬みかんを思い出しては、ああでもないこうでもない、と言い合うのがわが家族旅行だ。ともかく水辺とワンちゃんを堪能してきた。

さて『小籐次青春抄』の中編二編のうち「品川の騒ぎ」は、幻冬舎文庫のガイドブックに収録された「酔いどれ小籐次留書　青雲篇」の『品川の騒ぎ』の再録である。今回の『小籐次青春抄』の刊行にあたり、新作「野鍛治」と合本して「小籐次青春抄」シリーズ第一巻として出版することになった。

そんなわけで「品川の騒ぎ」をお読みになった向きもあろうかと存じます、お買い求めの節にくれぐれもご注意のほどお願い申します。

このために「酔いどれ小籐次」は、旧作の「酔いどれ小籐次」十九巻と、ただ今四巻上梓した「新・酔いどれ小籐次」、さらに「小籐次青春抄」の三シリーズが共存することになった。それぞれが赤目小籐次を主人公にしながらも、その状況などが微妙に異なっております。

「新・酔いどれ小籐次」の出版と並行して、今後も機会を見て「小籐次青春抄」も書くことがあろうかと思います。それぞれ異なった時代と状況の赤目小籐次を楽しんで頂ければ幸いです。

旧「酔いどれ小籐次留書」改め「酔いどれ小籐次」シリーズ決定版十九巻はおよそ二年にわたる刊行となります。よろしくご愛読のほどお願い申します。

平成二十八年正月　熱海にて

佐伯泰英

初出
品川の騒ぎ　二〇一〇年八月　幻冬舎文庫
野鍛冶　書き下ろし

DTP制作　ジェイ エスキューブ

文春文庫

小《こ》籐《とう》次《じ》青《せい》春《しゆん》抄《しよう》
品川《しながわ》の騒《さわ》ぎ・野《の》鍛《か》冶《じ》

定価はカバーに表示してあります

2016年3月10日　第1刷

著　者　佐《さ》伯《えき》泰《やす》英《ひで》
発行者　飯窪成幸
発行所　株式会社 文藝春秋

東京都千代田区紀尾井町 3-23　〒102-8008
TEL 03・3265・1211
文藝春秋ホームページ　http://www.bunshun.co.jp

落丁、乱丁本は、お手数ですが小社製作部宛お送り下さい。送料小社負担でお取替致します。

印刷・凸版印刷　製本・加藤製本

Printed in Japan
ISBN978-4-16-790572-9

佐伯泰英
文庫時代小説
全作品チェックリスト

2016年3月現在
監修／佐伯泰英事務所

掲載順はシリーズ名の五十音順です。品切れの際はご容赦ください。
どこまで読んだか、チェック用にどうぞご活用ください。
キリトリ線で切り離すと、書店に持っていくにも便利です。

佐伯泰英事務所公式ウェブサイト「佐伯文庫」 http://www.saeki-bunko.jp/

キリトリ線

居眠り磐音江戸双紙《いねむりいわね えどぞうし》

双葉文庫

- □ ① 陽炎ノ辻 かげろうのつじ
- □ ② 寒雷ノ坂 かんらいのさか
- □ ③ 花芒ノ海 はなすすきのうみ
- □ ④ 雪華ノ里 せっかのさと
- □ ⑤ 龍天ノ門 りゅうてんのもん
- □ ⑥ 雨降ノ山 あふりのやま
- □ ⑦ 狐火ノ杜 きつねびのもり
- □ ⑧ 朔風ノ岸 さくふうのきし
- □ ⑨ 遠霞ノ峠 えんかのとうげ
- □ ⑩ 朝虹ノ島 あさにじのしま
- □ ⑪ 無月ノ橋 むげつのはし
- □ ⑫ 探梅ノ家 たんばいのいえ
- □ ⑬ 残花ノ庭 ざんかのにわ
- □ ⑭ 夏燕ノ道 なつつばめのみち
- □ ⑮ 驟雨ノ町 しゅううのまち
- □ ⑯ 螢火ノ宿 ほたるびのしゅく
- □ ⑰ 紅椿ノ谷 べにつばきのたに
- □ ⑱ 捨雛ノ川 すてびなのかわ
- □ ⑲ 梅雨ノ蝶 ばいうのちょう
- □ ⑳ 野分ノ灘 のわきのなだ
- □ ㉑ 鯖雲ノ城 さばぐものしろ
- □ ㉒ 荒海ノ津 あらうみのつ
- □ ㉓ 万両ノ雪 まんりょうのゆき
- □ ㉔ 朧夜ノ桜 ろうやのさくら
- □ ㉕ 白桐ノ夢 しろぎりのゆめ
- □ ㉖ 紅花ノ邨 べにばなのむら
- □ ㉗ 石榴ノ蝿 ざくろのはえ
- □ ㉘ 照葉ノ露 てりはのつゆ
- □ ㉙ 冬桜ノ雀 ふゆざくらのすずめ
- □ ㉚ 侘助ノ白 わびすけのしろ
- □ ㉛ 更衣ノ鷹 きさらぎのたか 上
- □ ㉜ 更衣ノ鷹 きさらぎのたか 下
- □ ㉝ 孤愁ノ春 こしゅうのはる
- □ ㉞ 尾張ノ夏 おわりのなつ
- □ ㉟ 姥捨ノ郷 うばすてのさと
- □ ㊱ 紀伊ノ変 きいのへん
- □ ㊲ 一矢ノ秋 いっしのとき
- □ ㊳ 東雲ノ空 しののめのそら
- □ ㊴ 秋思ノ人 しゅうしのひと
- □ ㊵ 春霞ノ乱 はるがすみのらん
- □ ㊶ 散華ノ刻 さんげのとき
- □ ㊷ 木槿ノ賦 むくげのふ
- □ ㊸ 徒然ノ冬 つれづれのふゆ
- □ ㊹ 湯島ノ罠 ゆしまのわな
- □ ㊺ 空蝉ノ念 うつせみのねん
- □ ㊻ 弓張ノ月 ゆみはりのつき
- □ ㊼ 失意ノ方 しついのかた
- □ ㊽ 白鶴ノ紅 はっかくのくれない
- □ ㊾ 意次ノ妄 おきつぐのもう
- □ ㊿ 竹屋ノ渡 たけやのわたし
- □ 51 旅立ノ朝 たびだちのあした

【シリーズ完結】

キリトリ線

キリトリ線

□ シリーズガイドブック「居眠り磐音 江戸双紙」読本（特別書き下ろし小説・シリーズ番外編「跡継ぎ」収録）

□ 居眠り磐音 江戸双紙 帰着準備号 橋の上 はしのうえ（特別収録「著者メッセージ＆インタビュー」「磐音が歩いた『江戸』案内」「年表」）

□ 吉田版「居眠り磐音」江戸地図 磐音が歩いた江戸の町（文庫サイズ箱入り）超特大地図＝縦75cm×横80cm

鎌倉河岸捕物控 かまくらがしとりものひかえ ハルキ文庫

□シリーズガイドブック「鎌倉河岸捕物控」読本（特別書き下ろし小説・シリーズ番外編「寛政元年の水遊び」収録）

□シリーズ副読本 鎌倉河岸捕物控 街歩き読本

シリーズ外作品 ハルキ文庫

□異風者 いひゅもん

交代寄合伊那衆異聞 こうたいよりあいいなしゅういぶん 講談社文庫

□①変化 へんげ
□②雷鳴 らいめい
□③風雲 ふううん
□④邪宗 じゃしゅう
□⑤阿片 あへん
□⑥攘夷 じょうい
□⑦上海 しゃんはい
□⑧黙契 もっけい
□⑨御暇 おいとま
□⑩難航 なんこう
□⑪海戦 かいせん
□⑫謁見 えっけん
□⑬交易 こうえき
□⑭朝廷 ちょうてい
□⑮混沌 こんとん
□⑯断絶 だんぜつ
□⑰散斬 ざんぎり
□⑱再会 さいかい
□⑲茶葉 ちゃば
□⑳開港 かいこう
□㉑暗殺 あんさつ
□㉒血脈 けつみゃく
□㉓飛躍 ひやく
【シリーズ完結】

長崎絵師通吏辰次郎 ながさきえしとおりしんじろう ハルキ文庫

□①悲愁の剣 ひしゅうのけん
□②白虎の剣 びゃっこのけん

キリトリ線

夏目影二郎始末旅《なつめえいじろうしまつたび》

光文社文庫

- □ ① 八州狩り　はっしゅうがり
- □ ② 代官狩り　だいかんがり
- □ ③ 破牢狩り　はろうがり
- □ ④ 妖怪狩り　ようかいがり
- □ ⑤ 百鬼狩り　ひゃっきがり
- □ ⑥ 下忍狩り　げにんがり
- □ ⑦ 五家狩り　ごけがり
- □ ⑧ 鉄砲狩り　てっぽうがり
- □ ⑨ 奸臣狩り　かんしんがり
- □ ⑩ 役者狩り　やくしゃがり
- □ ⑪ 秋帆狩り　しゅうはんがり
- □ ⑫ 鵺女狩り　ぬえめがり
- □ ⑬ 忠治狩り　ちゅうじがり
- □ ⑭ 奨金狩り　しょうきんがり
- □ ⑮ 神君狩り　しんくんがり

【シリーズ完結】

- □ シリーズガイドブック　夏目影二郎「狩り」読本（特別書き下ろし小説・シリーズ番外編「位の桃井に鬼が棲む」収録）

秘剣《ひけん》

祥伝社文庫

- □ ① 秘剣雪割り　悪松・棄郷編　ひけんゆきわり　わるまつ・ききょうへん
- □ ② 秘剣瀑流返し　悪松・対決「鎌鼬」　ひけんばくりゅうがえし　わるまつ・たいけつかまいたち
- □ ③ 秘剣乱舞　悪松・百人斬り　ひけんらんぶ　わるまつ・ひゃくにんぎり
- □ ④ 秘剣孤座　ひけんこざ
- □ ⑤ 秘剣流亡　ひけんりゅうぼう

キリトリ線

古着屋総兵衛初傳　ふるぎやそうべえ しょでん

新潮文庫

- □ 光圀　みつくに　（新潮文庫百年特別書き下ろし作品）

古着屋総兵衛影始末　ふるぎやそうべえかげしまつ

新潮文庫

- □ ① 死闘　しとう
- □ ② 異心　いしん
- □ ③ 抹殺　まっさつ
- □ ④ 停止　ちょうじ
- □ ⑤ 熱風　ねっぷう
- □ ⑥ 朱印　しゅいん
- □ ⑦ 雄飛　ゆうひ
- □ ⑧ 知略　ちりゃく
- □ ⑨ 難破　なんぱ
- □ ⑩ 交趾　こうち
- □ ⑪ 帰還　きかん

【シリーズ完結】

新・古着屋総兵衛　しん・ふるぎやそうべえ

新潮文庫

- □ ① 血に非ず　ちにあらず
- □ ② 百年の呪い　ひゃくねんののろい
- □ ③ 日光代参　にっこうだいさん
- □ ④ 南へ舵を　みなみへかじを
- □ ⑤ ○に十の字　まるにじゅのじ
- □ ⑥ 転び者　ころびもん
- □ ⑦ 二都騒乱　にとそうらん
- □ ⑧ 安南から刺客　アンナンからしかく
- □ ⑨ たそがれ歌麿　たそがれうたまろ
- □ ⑩ 異国の影　いこくのかげ
- □ ⑪ 八州探訪　はっしゅうたんぼう

キリトリ線

小籐次青春抄 ことうじせいしゅんしょう

文春文庫

□ 品川の騒ぎ・野鍛冶 しながわのさわぎ　のかじ

酔いどれ小籐次 よいどれことうじ

文春文庫

□ ① 御鑓拝借 おやりはいしゃく

〈決定版〉随時刊行予定

□ ② 意地に候 いじにそうろう

□ ③ 寄残花恋 のこりはなよするこい

□ ④ 一首千両 ひとくびせんりょう

□ ⑤ 孫六兼元 まごろくかねもと

□ ⑥ 騒乱前夜 そうらんぜんや

□ ⑦ 子育て侍 こそだてざむらい

□ ⑧ 竜笛嫋々 りゅうてきじょうじょう

□ ⑨ 春雷道中 しゅんらいどうちゅう

□ ⑩ 薫風鯉幟 くんぷうこいのぼり

□ ⑪ 偽小籐次 にせことうじ

□ ⑫ 杜若艶姿 とじゃくあですがた

□ ⑬ 野分一過 のわきいっか

□ ⑭ 冬日淡々 ふゆびたんたん

□ ⑮ 新春歌会 しんしゅんうたかい

□ ⑯ 旧主再会 きゅうしゅさいかい

□ ⑰ 祝言日和 しゅうげんびより

□ ⑱ 政宗遺訓 まさむねいくん

□ ⑲ 状箱騒動 じょうばこそうどう

新・酔いどれ小籐次 しん・よいどれことうじ

文春文庫

□ ① 神隠し かみかくし

□ ② 願かけ がんかけ

□ ③ 桜吹雪 はなふぶき

□ ④ 姉と弟 あねとおとうと

キリトリ線

キリトリ線

吉原裏同心 よしわらうらどうしん

光文社文庫

- □ ① 流離 りゅうり
- □ ② 足抜 あしぬき
- □ ③ 見番 けんばん
- □ ④ 清搔 すががき
- □ ⑤ 初花 はつはな
- □ ⑥ 遣手 やりて
- □ ⑦ 枕絵 まくらえ
- □ ⑧ 炎上 えんじょう
- □ ⑨ 仮宅 かりたく
- □ ⑩ 沽券 こけん
- □ ⑪ 異館 いかん
- □ ⑫ 再建 さいけん
- □ ⑬ 布石 ふせき
- □ ⑭ 決着 けっちゃく
- □ ⑮ 愛憎 あいぞう
- □ ⑯ 仇討 あだうち
- □ ⑰ 夜桜 よざくら
- □ ⑱ 無宿 むしゅく
- □ ⑲ 未決 みけつ
- □ ⑳ 髪結 かみゆい
- □ ㉑ 遺文 いぶん
- □ ㉒ 夢幻 むげん
- □ ㉓ 狐舞 きつねまい
- □ ㉔ 始末 しまつ

□ シリーズ副読本 **佐伯泰英「吉原裏同心」読本**

（　）内は解説者。品切の節はご容赦下さい。

安土城の幽霊
加藤　廣
「信長の棺」異聞録
たった一つの小壺の行方が天下を左右する。信長、秀吉、家康と持ち主の運命に大きく影響した器の物語を始め、「信長の棺」外伝といえる著者初めての歴史短編集。（島内景二）
か-39-8

信長の血脈
加藤　廣
信長の傅役・平手政秀自害の真の原因は？　秀頼は淀殿の不倫で生まれた子？　島原の乱の黒幕は？　『信長の棺』のサイドストーリーともいうべき、スリリングな歴史ミステリー。
か-39-9

妖談うつろ舟
風野真知雄
耳袋秘帖
江戸版UFO遭遇事件と目される「うつろ舟」伝説。深川の白蛇、幽霊を食った男…。怪奇が入り乱れる中、闇の者とさんじゅあんの謎を根岸肥前守はついに解き明かすのか？　堂々の完結篇。
か-46-23

死霊大名
風野真知雄
くノ一秘録1
伊賀国でくノ一として修業を積んできた16歳の蛍。千利休から松永久秀を探る命を受け、父とともに旅に出る。そこで目にしたのは「死と戯れる」秘技だった。新シリーズ第1弾！
か-46-24

死霊坊主
風野真知雄
くノ一秘録2
生死の境がゆらぐ乱世で、即身成仏に失敗した筒井順慶――敵対する松永久秀の率いる死霊軍団との壮絶な闘いに、16歳のくノ一・蛍は巻き込まれていく！　圧巻のシリーズ第2弾。
か-46-25

死霊の星
風野真知雄
くノ一秘録3
彗星が夜空を流れ、人々はそれを弾正星と呼んだ――。松永弾正久秀が愛用する茶釜に隠された死霊の謎。狐憑きが帝の御所で跋扈するなか、くノ一の蛍は命がけで松永を探る！
か-46-26

一朝の夢
梶　よう子
朝顔栽培だけが生きがいで、荒っぽいことには無縁の同心・中根興三郎は、ある武家と知り合ったことから思いもよらぬ形で幕末の政情に巻き込まれる。松本清張賞受賞。（細谷正充）
か-54-1

梶よう子
夢の花、咲く
植木職人の殺害と、江戸を襲った大地震、さらに直後に続く付け火。朝顔栽培が生きがいの気弱な同心・中根興三郎は、無関係に見える事件の裏に潜む真実を暴けるのか？　（大矢博子）
か-54-2

北方謙三
独り群《ぐん》せず
大塩の乱から二十余年。武士を辞めて、剣を包丁にもちかえた利之だが、乱世の相は大坂にも顕われる。『杖下に死す』続篇となる歴史長篇。舟橋聖一文学賞受賞作。　（秋山　駿）
き-7-11

北原亞以子
恋忘れ草
女浄瑠璃、手習いの師匠、料理屋の女将など江戸の町を彩るキャリアウーマンたちの心模様を描く直木賞受賞作。表題作の他、「恋風」『男の八分』『後姿』『恋知らず』など全六篇。　（藤田昌司）
き-16-1

北原亞以子
昨日の恋
爽太捕物帖
鰻屋「十三川」の若旦那爽太には、同心朝田主馬から十手を預かるという別の顔があった。表題作のほか「おろくの恋」『雲間の出来事』『残り火』『終りのない階段』など全七篇。　（細谷正充）
き-16-2

北原亞以子
あんちゃん
江戸に出た若い百姓が商人として成功した後に大きなものを失ったことに気づく表題作など、江戸を舞台にしながら現代に通じる深いテーマを名手が描く。珠玉の全七話。　（ペリー荻野）
き-16-8

北　重人
白疾風《しろはやち》
金鉱脈に、埋蔵金？　武蔵野の谷にひっそりと暮らす村をめぐって、風魔などが跳梁する。昔、伊賀の忍びとして活躍した三郎は、自分の村を守るため村人と共に闘う。　（池上冬樹）
き-27-3

北　重人
月芝居
天保の御改革のために江戸屋敷を取り壊され、分家に居候中の留守居役。国許からは早く屋敷を探せと催促され、江戸中を駆け回るうちに失踪事件に巻き込まれるのだが……。　（島内景二）
き-27-4